ME VIENE UN MODO
DE TRISTEZA

ME VIENE UN MODO DE TRISTEZA

Rosa Nissán

Grijalbo

Me viene un modo de tristeza

Primera edición: octubre, 2019

D. R. © 2019, Rosa Nissán

D. R. © 2019, derechos de edición mundiales en lengua castellana:
Penguin Random House Grupo Editorial, S. A. de C. V.
Blvd. Miguel de Cervantes Saavedra núm. 301, 1er piso,
colonia Granada, delegación Miguel Hidalgo, C. P. 11520,
Ciudad de México

www.megustaleer.mx

ISBN: 978-607-318-332-1

Impreso en México – *Printed in Mexico*

El papel utilizado para la impresión de este libro ha sido fabricado a partir de madera
procedente de bosques y plantaciones gestionadas con los más altos estándares ambientales,
garantizando una explotación de los recursos sostenible con el medio ambiente y beneficiosa para las personas.

Penguin
Random House
Grupo Editorial

Es difícil ser judío, pero es más difícil ser judía.

Refrán popular

El tiempo está haciendo las correcciones del pasado.

Hermanas, si no tengo amor por mí no soy nada...

Paráfrasis de San Pablo
a los Corintios

Para mis tres *hishicas:* Maggy, Ethel y
Jacqueline. Muy amadas

Para Eli, el *hisho* que me nació. Muy amado
también

Ya entendí. Ahora lo sé. Estoy aprendiendo a hablar.

Por eso puedo decirles a ustedes, amadas Maggy, Ethel, Jacqueline y amado Elías, que no supe
cómo decirles cuando lo estábamos viviendo:

Que no era que no los amara con toda mi
alma, porque me enamoré de cada uno de ustedes, pero había recordado que cuando a los 18
me casé, dejé muchos sueños pendientes y no podía renunciar a realizarlos. No quise renunciar a
una parte de mi vida: a la vida personal, porque
Cuando avoltas la cara ya te hiciste viesha.

A María Esther que me enseñó a aceptar mi
lado oscuro, y a no tener vergüenza de ser, además de simpática y querible, una mujer triste.

Junio 14. Un día antes de cumplir 80.

PRÓLOGO

La más libre de todas las escritoras mexicanas

Rosa Nissán es distinta a todas las escritoras de México por una razón: es una mujer libre. No nació libre, al contrario, nació dentro de una armadura de prejuicios y prohibiciones. "Para mí —dice María Esther Núñez, también escritora y su gran amiga—, su cualidad más importante es el grado de libertad con el que vive".

Las inesperadas lecciones de libertad que Rosa Nissán nos ha dado son muchas. Una mañana, sin más, rompió mi rutina de trabajo y exclamó: "Vámonos al Desierto de los Leones". Y sin más, su automóvil —que parece carromato de gitana— tomó la dirección del Desierto; se estacionó, echamos a caminar y ya dentro de las gruesas paredes del convento ordenó: "Ahora, Ele, grita: '¡Soy joven, soy bella, soy chingona!'". "¿Cómo crees, Rosa?". "Tú puedes, abre la boca, te van a oír los árboles".

Ese grito que surgió de sus pulmones hace años no ha dejado de recorrer desiertos, lagos y playas del Caribe. Desde su primer libro, *Novia que te vea*, Rosa liberó de leyes y prejuicios a muchos de sus seguidores de la comunidad judía y la no judía y también me liberó de tantas telarañas en ojos y oídos. Ese grito ha marcado la obra novelística de Rosa con el sello de la liberación.

María Esther Núñez me cuenta que recientemente, al llegar al Parque México, encontró a Rosa tirada en el pasto, patas para arriba haciendo bicicleta, la panza de fuera, el suéter por allá, el morral aún más lejos. A lo largo de los años he visto a Rosa salvarnos a todas, ponernos a bailar, tirarnos a la alberca, aconsejar "suéltate el pelo"; escoger lecturas, dirigir talleres y publicar, a partir del gran reconocimiento a su novela *Novia que te vea*.

Todavía hoy su obra *Los viajes de mi cuerpo* causa sensación.

¿Ha liberado Rosa Nissán a sus cuatro hijos? Quizá no es la madre que hubieran querido: la que sacrifica su vida por sus hijos. Pero les abrió la puerta a aquello que pedía Rosario Castellanos "Otro modo de ser, humano y libre".

Todos amamos a Rosa Nissán. Cuando se enfermó, su hijo Elías y sus hermanas, Ethel, Maggie y Jacquie no se separaron de su lado, pero tampoco sus amigos y amigas. Todos nos hicimos cruces porque la presencia de Rosa es un tesoro que nadie quiere perder. Recuerdo especialmente a Óscar Roemer para quien ella fue una maestra y lo impulsó a escribir su excelente novela autobiográfica. Si algo le pasaba a Rosa, Óscar hubiera muerto de la tristeza. En ese sentido, qué bueno que se fue primero él.

Como lo recuerda María Esther Núñez, ir a un café con Rosa Nissán es correr varios riesgos. Si un mesero le dice que no tiene leche de soya, Rosa responde airada: "¿Cómo que no tienes leche de soya?" y le ordena: "A ver, chulo, aquí a dos cuadras está Superama, ve y tráeme leche de soya".

Después de varios años de asistir a diversos talleres de Agustín Cadena, Juan Villoro, Tatiana Espinosa, Rosa Beltrán y Hugo Hiriart, Rosa, maestra consumada, imparte sus propios talleres. Asistí una tarde al de Autobiografía en la Casa del Libro y me impresionó la excelencia de su clase, preparada a fondo con transparencias y libros de autores que los alumnos debían consultar. Las aclaraciones pertinentes, el entusiasmo, la cultura y la generosidad han convertido a Rosa Nissán en una guía literaria.

En otra ocasión asistí a una de sus conferencias en la Sala Manuel M. Ponce y descubrí a una actriz de primera. La vi subir al escenario, tomarse su tiempo, quitarse suéteres y chales, acomodar sus papeles. El ritual duró entre ocho y diez minutos y todos quedaron en suspenso hasta que Rosa conferencista empezó a hablar con una voz lenta y muy fuerte y una seguridad que me hizo pensar: "¡Cuánto ha crecido! ¡Cuánto camino ha recorrido esta extraordinaria mujer!"

María Esther Núñez recuerda el video que acompañó una de sus novelas, "Three Beautiful Ladies", en el que Rosa sale volando en la alfombra de Aladino frente a un Bellas Artes atascado de admiradores y amigos que la ovacionan como si fuera Marilyn Monroe.

El aplomo de Rosa Nissán se lo da su vida y su obra, o mejor dicho su vida-obra, porque ella se construyó a sí misma a medida que publicaba sus novelas hechas (si se me permite el lugar común) con sangre y lágrimas. La más atrevida es *Los viajes de mi cuerpo* que no habría podido darse sin su primera novela *Novia que te vea*, que le abrió la puerta a esa catarata de sensaciones y descubrimientos. El cuerpo del hombre, el de nuestra naturaleza, el del encuentro con su sensualidad, todo arde en sus páginas.

Su fe en sí misma la hizo atravesar precipicios, desafiar tormentas y ahora se encuentra en la mejor etapa de su vida porque ha llegado a ser lo que ella soñaba ser: una rosa o un campo de mil rosas de distintos colores porque reúne ahora en sí misma muchos momentos y muchos accidentes de su paso por la Tierra. Y los últimos años de su vida son de recompensa. Como lo dice María Esther, Rosa siente que la gente la quiere y se gusta a sí misma. ¿Se puede pedir algo más?

Es imposible pensar en la colonia Condesa sin Rosa Nissán. Todos sus habitantes la reconocen cuando la ven caminar en la calle, en el café, en el parque. Cuando se enfermó gravemente este 2019, María Esther Núñez se dijo a sí misma: "Es que si Rosita se muere, yo no voy a regresar a la Condesa, nunca". Rosita es la Condesa, debería ser la cronista de la Condesa porque en su escritura nos revela un mundo insospechado y también otro, el de su hijo Elías, a quien le dice "serpientito", y quien al igual que su madre siempre trae la mecha prendida al preocuparse por los demás.

Me viene un modo de tristeza es su última novela. Tremendamente inquieta, Rosa ha recurrido a la musicoterapia, a los masajes, a la aromaterapia, al yoga, al psicoanálisis personal y de grupo y a otras terapias cuyos nombres se me van y a ella la tranquilizan. Recuerdo especialmente sus estancias en la nieve del Popocatépetl, en las que en medio de desconocidos era indispensable desvestirse y volverse uno con la naturaleza. No me espanta tanto la desnudez como la amenaza del frío.

Así como su hijo Elías publicó ya cuatro libros de temática religiosa y de interpretación de la Biblia, Rosa ha publicado *Novia que te vea* (1992), *Las tierras prometidas* (1997), *No sólo para dormir es la noche* (1999), *Patria. Los viajes de mi cuerpo* (1999) e *Hisho que te nazca* (2006), que enriquecen el corpus de la literatura mexicana.

Elena Poniatowska

I

Dijo el rabino Susya poco antes de morir: "Cuando esté ante las puertas del cielo no me van a preguntar ¿por qué no fuiste Moisés?, sino ¿por qué no fuiste Susya?, ¿por qué no llegaste a ser lo que sólo tú podías llegar a ser?".

1968

Disfrazada de mujer, engañada por ese resplandor, diamantina, que no oro, te vi partir, Lety... Eras apenas un brote, niña haciéndose mujer. ¿Por qué no fuiste como el rabino Susya, prima? ¿Por qué no llegaste a ser lo que sólo tú podías llegar a ser? ¿Por qué, como pieza de metal, te fundiste, perdiste tu forma original y tomaste la del molde donde fuiste a caer? No son pocas las ocasiones en que la alquimia trabaja en sentido contrario, y el oro deviene en plomo.

Un niño nace, tiene una forma, lo amamos sin saber en quién se va a convertir. El sistema espolvorea en él ingredientes en apariencia inofensivos; seguramente ya en la primaria estará listo para disolverse en la liquidez de otros. Para eso también sirve la alquimia: transforma la materia de sólida a líquida; el metal, ¿el plomo?, en oro. En la película *Pink Floyd, The Wall,* un molino de carne deglute, traga hombres que salen molidos, mezclados. Carne molida: uniforme: una sola forma. La fabricación en serie cuenta con moldes donde encontrará acomodo esa liquidez hasta tomar definitivamente la forma que la contenga. Ese ser humano, exento de dudas existenciales, ninguna brecha tendrá que abrir a machetazos, sólo fundirse en los demás. No ser Susya; ser Moisés, Alejandro, Tomasa, Heriberto, tú, Lety, quien sea. Pero no Susya. No nosotras mismas.

¿Por qué no fuiste tú misma, prima? Partiste detrás de esos tesoros que no sabías envenenados, los seguiste porque son los que abundan y vienen en diferentes presentaciones, todas seductoras y hasta convincentes: ideas, matrimonios, posesiones, atractivos/as físicamente y encantadores... hasta de serpientes.

Precisamente cuando la corriente estaba a punto de jalarte al lugar a donde me había llevado a mí, vislumbré lo que pasaría. Quise detenerte. Nunca entenderás, prima, lo que significó ver cómo ese retoñito que eras, esa niña que fuiste hasta secundaria, límite al que te permitieron llegar, sefuesefuesefuesefue a donde la arrastró la corriente, a donde siento que se quedaron no sólo los aplicados de mi salón. ¿Por qué, ante esta disyuntiva presente de ir o no al desayuno de mis compañeros de secundaria, me acuerdo de ti? Te he llorado y al hacerlo me he llorado a mí. Fuiste un espejo en el que pude ver, diez años después, cómo yo, la niña que solía ser, se despojó de sí misma, arrastrada por tan caudaloso río. Nadie trató de advertirme hacia dónde me llevaba la corriente, o los que estaban a mi alrededor no podían verlo, pues estaban dentro.

Hablé con tu mamá, con mi papá, en fin, hice lo que pude para que vieras que podía haber un futuro distinto del de nuestra abuela, quien vivió para que su marido no se enojara. No creíste en esa joven estudiosa que eras. Fue un golpe verte partir a ese viaje del que todavía no regresas.

Ni regresarás.

Nos casaron cuando nuestras ramitas eran todavía muy frágiles; estábamos tiernitas porque, efectivamente, una comienza a inventar su ruta y quién sabe adónde va a ir a dar. Por ese miedo te sacó tu familia de un camino que ni siquiera habías iniciado. A lo mejor tenían razón; tampoco yo sabía adónde me llevaría el camino de inventar mi vida, que empecé cuando dejé de ser de mi marido. Y qué alegría, ni en sueños imaginé la vida de escritora que tengo. Pero en este asunto de vivir es imposible prever hacia dónde nos llevarán nuestras convicciones. Mi hijo —ése, mi Jacobito de antes—, que es él mismo, que de ninguna manera se hizo líquido para amoldarse, vaya a saber adónde va. No son pocas las veces, no lo niego, que me agobia la incertidumbre: ¡qué difícil respetar las decisiones de los hijos, verlos transitar por las rutas que tienen que pasar hasta encontrarse con ellos mismos! Es menos angustioso "casarlos bien" y que prontito se hagan padres y prontito abuelos. Aprendí que no puedo meterme en su vida, y me aguanto las ganas de sugerir: por aquí, mijito, por allá.

Tu vida, prima, la que te endilgaron como modelo único, es previsible; sabes qué camino recorrerás hasta el día de la muerte. Lo que viví desde que me enterqué en salir del molde, que espera inútilmente mi regreso, fue y sigue siendo abrir brecha. Selva. Camino cerrado. Afortunadamente a veces se llega, se cumple el sueño, pero la necesidad de certezas, de seguridad, como si la hubiera, suele llevar a la gran tentación de no jugar aventuras inciertas, y la mayoría de las personas corren a refugiarse en lo conocido para después, confiadas, saludar cada mañana, alegres, a sus pares, los que viven en otros moldes. Y escuchan el duro reclamo de Dios: ¿por qué no fuiste Susya? Prima, ¿en qué te convertiste? Fuiste la mujer de un hombre que te doblaba la edad cuando cumpliste quince. ¿Por qué no fuiste simplemente tú?

A veces nos saludamos de prisa en el club, como extrañas. Lo prefiero: ¿de qué podemos hablar? ¿Hablar? Entre nosotras sólo existe lo que no se dice. En esa mudez recordamos cuánto esperaba yo de ti, mi amada prima.

2010

No, no, querido Juanjo —le dije en el teléfono a mi ex compañero de escuela—, ya lo decidí: no iré al desayuno de generación. No puedo. Ustedes me recuerdan a mi prima que era como mi hermanita. Me duele. Me sigue doliendo ver lo que el patriarcado le impuso; ella, a los quince años, no sabía lo que significaba no sólo casarse, sino que tres o cuatro meses de salir, formalmente, con un hombre no bastaban para comprometer su vida ante un juez. Pero los jóvenes casaderos están... Y no lo digo de oídas; en aquellos ayeres lo escuché mil veces. El mismísimo papá de Lety, mi tío Isaac, instruía a sus hijos varones, todavía tiernitos: "Es mejor tomar una jovencita como esposa; a ellas las puedes amoldar. Hacerlas a tu modo". Y con un gesto de desagrado, agregó: "Más grandes ya tienen muchas mañas". Lo decía con tanta naturalidad que yo creí que todo el mundo pensaba igual. Y al parecer así era. Ignoraba que había otros modos de vida. En nuestro grupo, Juanjo, hay varias Letys y viven bien: vidas de familia; nietos, yernos, comidas, fiestas, viajes. Condominios, cruceros, "vidas normales".

Así es como a chiquitas, y también a chiquitos, las/los arrastra el río, tiernitas/tiernitos, antes de que tomen fuerza para agarrarse a cualquier ramita que los ataje, aunque antes de meterse al río podrían echarse a correr y correr y no parar hasta que esos ríos, tremendamente amenazantes, se apacigüen, hasta que esas aguas sean mansas.

Vino nuevo en odres viejos. Juanjo. Muy viejos.

II

1956

—¡No, hijo!, no naciste antes y no importa; Ogeña es harina de otro costal. No trabajé como burro para darle todo lo que hice en una vida a un *cadimsís;* sus *hishos* ni siquiera van a llevar *muestro* apellido. ¡Toma la llave de la caja! Ni modo que se la dé a tu hermana, ¡no estoy loco!

—Pero, abuelo, Oshinica me la pide...

—No le hagas caso. Y mira, *hisho,* te *do* un consejo: cuando las *musheres* son alborotadoras, es mejor decirles que ellas tienen deberes "más importantes y más sagrados". Son *lonsas.* ¡Ya dishe! Es para ti lo mío, tú eres de mi sangre; ella va a criar *hishos* para otra *famiya,* tendrá que obedecer a su marido, a su suegra. Tus *hishos* van a llevar *muestro* apellido. *Déshala,* que siga dándole vueltas al patio en su patín del diablo; eso la divierte. *Déshala,* está *atavanada.*

III

1955

A mi tío Isaac, de la comunidad árabe, el flamante esposo de tía Chelita, recién llegado a la familia, le sorprendían mis desplantes. "Me divierte discutir con Oshinica", te decía: "Novias que veas a tus tres *hishas*". Y nosotras traducíamos que te lo deseaba, porque sólo casándonos lograrías deshacerte de nosotras, y que yo me descolgara de ti: suponía que te apenaban mis batallas, y que, aunque no te defendieras de tus padres, sus suegros, a nosotras sí nos regañarías. Y a tu manera nos disculpabas: "¡Mis hijas están locas!". No imaginaron que yo era tu voz.

1955

Oshinica cumplió los temibles quince años, y ni modo: me tenían que casar. El día siguiente al de mi compromiso, angustiada, llegó la tía Mati, de Monterrey, la hermana de mi mamá, muy angustiada.

Dijo: "Por vida tuya, Ogenia *preciada,* de qué *estash* reclamando; ¡*ansí* es! Punto. Muy bueno que está este hombre, no va a pedir dote, no te va a faltar nada, ya es un ingeniero hecho y derecho. Tómalo, *hisha.* Tus padres, ricos no son; *cázate* en buena hora y *desha* de pegarle a *turmano,* es chico, no le hagas la vida *preta,* es buen *ishico, pobereto.* Ogenia, no me demandes tantas preguntas, no se hablan estas cosas, sobrina *miya,* que no oiga mi hermana Sarica lo que *estash* hablando; lleva a tus *hermanicos* al parque una hora de *coza.* ¿*De* qué no *queresh cudiarlos?,* ¿qué otro *menester* tienes? Tú *sos* la mayor y no se *quere hablado* mucho con los vecinos, para qué tantas *espesutinas.* Mira, *eios* no son como *mosotros,* no *queren* a los *yudiós".*

IV

1956

La joven del patín del diablo que fue Oshinica creció con la ilusión de irse un año a Israel con Frida, cuando cumplieran diecisiete años. Eran compañeras en la Universidad Femenina. Estudiar periodismo les permitió atisbar que existía un mundo más amplio. Llegado el momento, las autoridades familiares de Oshi negaron rotundamente el permiso. Frida, su compañera de Xalapa, se sintió traicionada: sin Oshi, Oshinica, ese viaje a Israel tan esperado tampoco sería para ella.

El tiro que la sacó de la jugada de seguir descubriendo el mundo fue la presión social que la llevó a unirse en matrimonio con un francotirador con pólvora azul-verde en los ojos, que le prometió dejarla usar su patín del diablo y realizar su propósito de seguir estudiando.

La joven del patín se metió a una pista nueva: la del matrimonio, sin saber que dentro también había francotiradores con equipo más sofisticado que, con gran despliegue de poder, empujaron a la joven, quien todavía daba alegres volteretas en ese espacio. No se dio cuenta de que esa presión social la llevaría, directo y sin escalas, a la maternidad. Ni lo que eso significaba. Tenía dieciocho.

V

Despertó viendo en el entresueño el paseo de la niña que fue. Iba Golí —con el nombre persa que le dio el abuelo—, volada, haciendo giros en su patín, sin sospechar que esos francotiradores del patriarcado feroz, desde sus guaridas, apuntaban.

El nacimiento de su hermano Moshón, primer flechazo que la hirió (pero no te azotes, Ogenia, sólo fue un arañazo, que además resultó ser motor: te obligó a crecer). En su veloz patín continuó haciendo piruetas, provocando admiración, burlando la inútil puntería de sus atacantes. El siguiente flechazo fue el brote de su feminidad, que irremediablemente la colocó del lado de las que "nacieron" para servidoras del "sexo fuerte"; a pesar de todo, esa terca seguía en el patín. En otro carril su hermano adorado llevaba de copiloto a la máxima autoridad familiar: al abuelo. Oshinica, resignada, supo que jamás lograría rebasarlos.

VI

1954

Mi papá se ríe.

Mi abuelo le dice a su hijo: "Eres burro". Mi papá ríe.

Mi abuelo llega a su residencia en avenida México, junto al edificio Basurto, dando un portazo al coche. "El tráfico estuvo *pishgado*", dice quitándose el sombrero. Mi papá ríe y me mira cómplice. ¿Qué pide su mirada? Mi abuela tiembla.

Mi padre ríe travieso.

Y cuando mi abuelo llega a la tienda, y se da cuenta de que no vendieron ninguna piel de zorro, de nutria, de chinchilla, de conejo…, mira con odio a su hijo. A mi papá sólo le queda mirarme. Para no mostrar temor, ríe.

Mi abuelo regaña a mi padre porque le ordenó que llevara un plomero a su casa, y éste nunca apareció.

Mi abuelo mira todavía más feo a mi papá, y al idiota de mi hermano lo besa.

Mi abuelo, fastidiado de que no han hecho ni *sefté* y que no entran al cajón ni las *moshcas,* toma la mano de su nieto, se despide y salen de la tienda rumbo al estacionamiento;

antes de alejarse da alguna orden para que no se le olvide a nadie quién manda; de inmediato cambia su gesto por dulzura mientras saca unas monedas y le ofrece un chocolate y su domingo a su único nieto varón, y pellizcándole la papada le pregunta lo de siempre: ¿cómo deben ser los hombres? Le gusta escuchar cuando el niño, feliz, responde: "¡Las tres efes: feos, fuertes y formales!".

Con su traje de High Life y su sombrero Tardán, mi abuelo y su nieto de lujo se alejan.

VII

—Tía, ¿por qué no puedo yo cargar el *sefer*?

—Así es, mijita —respondió como si no hubiera ninguna posibilidad de cambio.

—*Agüelita,* quiero cargar el *sefer* como mi hermano.

—No, Oshinica, no puedes. ¡Así es! Y ya ponte a hacer algo de provecho. Mira, ahí viene tu *agüelo* por *mosotras, no metas capricho.*

—Mamá, ¿por qué tejes tantas cosas para cuando me case y manteles, y esos camisones transparentes, y dices con mucha sonrisa: para cuando se case mi *hisha*?

—Así es. *Cuálo queresh* que te diga. Así es. Punto. *Ya me tomaste la cabeza.* ¡Así es! Duro y dale, *pulía.* No paras de preguntar.

El "así es" que decían hombres y mujeres hasta que en la adolescencia, por Andrés y su idealismo, vislumbré la posibilidad de que el "así es" podía ser cuestionable.

VIII

El pajarito que me despertó este amanecer dejó de cantar. Alerta y ensimismada, espero su trino, como cuando cierro el libro, sorprendida por alguna idea que iluminó algo, lo cierro para escucharme yo. No quiero arriesgarme a viajar tres horas de ida y tres horas de vuelta con una merolica que no permita hablar ni que me diga qué siente, qué piensa la otra y el otro.

Cuando reflexionamos tú y yo, todavía no me ha pasado que quiera, que necesite bruscamente, como hacía el abuelo de Gonzalo Celorio, desconectar su aparato de sordera, y así de simple, salvarse del monólogo salvaje de los que no soportan el silencio ¿para no pensar?, ¿para olvidarse de pensar, para no sentir? O simplemente esos blablablá son egoístas, insensibles, les da igual hablar contigo o con quien sea. Pánico a sentir. Yo viví en el hacer hasta los cuarenta, no sabía que había algo que no fuera hacer. Los hijos que traje al mundo me dieron pretexto; hacerles lo que requerían en el día a día me llevó a hacer sin conciencia, sin pausa. Encantada, me olvidé de mí, de eso pedía mi limosna, hasta que me llegó el agua al cuello, ya no pude vivir en modo avión, medio encendida.

En automático. Cuando tuve que pensar en cómo le iba a hacer para ser yo misma e inventarme algo personal, el marido que escogí casi veinte años antes echó el grito al cielo. Puedes irte, ¡los hijos son míos! Lo único que se me ocurrió fue salir corriendo en busca del "orgullo" de la familia.

"¡No sé qué hacer! ¡Hermano, qué hago, decide tú!"

¿Qué me llevó a recordar ese momento tan dramático en mi vida? Puedo entender ahora: yo no sabía pensar. Pensar requiere detenerse y yo no podía detenerme; ¿cómo se piensa con prisa? Por eso, el día que tuve que decidir algo de ese calibre… ¡qué angustia! Pues que mi hermano decidía por mí.

Lo que yo no sabía era que, como yo, su majestad, no sabía hablar. Para hablar de negocios era un genio, pero hablar de sentimientos, de emociones, de lo que duele, de qué se siente cuando el mundo se te rompe en la cabeza…, no, de eso nada. De lo que estoy segura es de que hubiera deseado saber hablar, para ayudar a su querida hermana que sufría.

Ya no tengo 39 o 38 ni 40. Lo que más me fascina es pensar. Me parece una aventura interna de lo más interesante. Enigmática. La máxima. Las amigas y amigos que me fascinan son con los que hablo de a de veras. Nos enriquecemos intercambiando inquietudes, vivencias, reflexionamos juntos y juntas sobre nuestras experiencias en este asunto de vivir.

IX

1977

A pesar de que Oshinica ya tiene cuatro hijos, todavía no se ha atrevido a cruzar ninguna de las fronteras que la separan de los demás, pero el juego divino teje la vida y nuestra personaja, que ni en sueños se atrevió a imaginar que conocería a la heroína de novela de carne y hueso que es Elena Poniatowska, de pronto estuvo frente a frente con ella. Oshinica le habló de esa frontera que crecía y crecía, y que sus ojos no habían visto lo que había atravesando el río. "*¿Qué hay del otro lado? A lo mejor no es tan peligroso como lo pintó el abuelo* —se dijo—. Una Elena como ésta, jamás vi en mi pueblo. ¿Y si no hubiera llegado a su taller literario? ¿Y si del otro lado hay otras y otras Elenas? Si nunca me hubiera topado con ella, mi vida sería muy pobre."

Apenas la escuchó hablar, Elena entendió que su alumna tenía muchos años detenida justo en la línea fronteriza. La *enfant terrible* la tomó de la mano, y la soltó cuando pudo seguir sola. Fue fácil, dio un paso adelante y, ¡zas!, había cruzado la línea fronteriza: desde la otra ribera miró su mundo y le pareció pequeñito, como debe verse la Tierra desde el espacio. Sí, siempre es necesario salir y ver en perspectiva el lugar donde estábamos. Cuánto la alegró haberse movido de ese sitio donde miraba siempre el mismo paisaje. Siempre. Su maestra nunca dejó de aplaudir sus avances, la impulsaba a continuar. Después de más de veinte años Oshinica se pregunta: ¿tendré tanta injerencia en la formación de un/una escritor/ra, como Elena en mí? El azar participó cruzando su camino con el de esa sonrisa de conejo que cambió el rumbo de su vida, su cotidianidad, su manera de relacionarse con el mundo, con las personas que le prestan sus servicios, tanto en la casa como en el trabajo. Cada vez se permite menos pasar sin ver al otro. Tiene la enorme satisfacción de trabajar en ella misma, pulirse. Para ser mejor persona.

Lalo empezó a molestarse porque su mujer estaba "cambiando", como si fuera posible no cambiar. Ahora insistía en ir a posadas, a fiestas "extrañas", sus nuevas amistades no le gustaban, y Ogenia con cualquiera hacía migas.

Sentirse mirada, escuchada por los integrantes de su taller literario, la sostenía. Cuánto disfrutaba Elena cada vez que Oge le contaba que había exigido derechos que jamás consideró tener. Sin embargo, por primera vez en su vida se sentía orgullosa de sí misma, no sólo por ser la mamá de cuatro niños.

Día a día, algo nuevo se desarrollaba en su interior: fue valorando y amando más *la diversidad de criaturas que forman este singular universo.*

X

1974

Cuando me casé le impuse a mi marido el hábito de que, apenas abriera el ojo, era hora de ir al bosque para iniciar con optimismo el día. El pobre tenía otra historia, y el hábito de levantarse, prender la tele, leer el periódico en la cama, pedir café, jugo, fruta, "mi ropa, mis zapatos, mi desayuno". ¿Por qué no vas a caminar o a jugar frontenis, a nadar? Va mi papá, mis hermanos, ya ves qué bien la pasaste el otro día, hasta desayunaron juntos.

Cuando no lograba que abriera los ojos temprano, iba a la cocina a adelantar la comida. Regresaba y me quería morir: ¡estaba despierto, papando moscas! Eso era el peor pecado en nuestro hogar. A nuestra madre no le gustaba ver inactivo a nadie, Dios mío, ¿cómo es posible despertar y quedarse acostadote? Las mujeres teníamos que estar haciendo siempre algo: veíamos la tele mirando de la pantalla al tejido. Mi papá sí podía estar con un periódico, total, era tan poco el tiempo que estaba en casa; apenas llegaba del bosque desayunaba y corría a la tienda, al cajón, decía, y de ahí no salía sino hasta la noche.

Atribuí la falta de energía y el desgano de mi marido a que no iba tempranito a ejercitar el cuerpo, a respirar árboles. ¡Qué desesperación que mi hombre se levantara tarde! ¡Dios mío! Además, no podía ni irme a caminar; a él, como a ti, papá, no les parecía correcto que su mujer saliera de la casa antes que el marido. Si a mi abuelita se le hubiera ocurrido semejante locura…, mi abuelo la mata. Una mujer floja, qué asco, qué desperdicio. Para qué les "sirve" una mujer así.

XI

1977

"¿*Cuálo estash* diciendo? No es *menester deshar* al marido por estos *enshabonados* estudios. ¿De *ande sacastesh* estas *ideyas*, Oshinica? No *mos* está *placiendo* que hagas esto, *preciada*. ¿*Quén te quitó* loca?", repite a cada rato mi tía Mati.

XII

2014

La madre, presa de su soberbia, poseída por sus demonios, en cuanto sintió que perdía el control sobre su hija, inmoló a la joven en quien colocó sus expectativas, y la chica, a la deriva en esa tormenta, fue arrastrada al arroyo. Sarica no tuvo la paciencia de permitir que fuera el tiempo quien aclarara a Oshi si podía vivir con el lado oscuro de esos ojos verdes que sólo habían terminado la primaria. Faltó sabiduría, calma. Saber esperar. ¿De dónde iba a sacar esa sabiduría, si la querían casar a los 15 años? Cuando aquella tormenta paró y Sarica encontró reposo, Ogenia se encontró vestida de novia a los 18 años, señora de un depa que amuebló, como se amuebla una casa de muñecas.

Sara, Sarica, la turca rebelde hasta el último día de su vida, que con sus apresuradas decisiones incidió en la vida de las generaciones posteriores de su descendencia, sin darse cuenta robó a su primogénita la oportunidad de decidir su destino. Pero sólo durante algún tiempo.

Sarica, presa de sus arrebatos, al parecer jamás reflexionó, jamás dudó.

¡Si el simple aleteo de una mariposa cambia todo un orden establecido!

Sarica, frente a su pastel de noventa años, se aguantó el llanto. No pudo, todavía, mostrar emoción. Mostrarse vulnerable, sensible. Simplemente humana.

XIII

1981

El matrimonio de Oge se vino abajo. Ella se puso guapa y se fue a la tienda; quería participar en el negocio familiar.

—Vamos a pasarle una mensualidad; tu hermana no necesita trabajar —ordenó el abuelo.

—Lo siento, Oshinica. Primero aprende a manejar un negocio... Ya después...

No rogó, no exigió, no peleó. Era inútil; "soy harina de otro costal".

—No es posible que dependas económica y emocionalmente de tu hermano, Oshinica —le dijo Silvia por milésima vez—. Siempre hablas de él, de lo poderoso que es. ¡Ya! Renuncia a ser presidenta de su equipo de campaña. Y deja de sentirte víctima. ¿No te bastó con que la tienda se tragara la vida de tu papá?... ¿Es acaso esa tienda tu karma?

XIV

Dado que en la casa paterna nos debatíamos entre querer ganar dinero y la culpa de tenerlo y gastarlo, es explicable que surgiera un sentimiento de vergüenza y una necesidad de ocultarlo y disimularlo. Los Matalón, con singular alegría, recorrían de una punta a otra los *Yunaites* y, cual santacloses, regresaban cargados de artículos mágicos a los que no nos atrevíamos ni a aspirar. ¿Qué provocó en cada uno de nosotros la relación con esa familia? Seguramente sentimientos muy diferentes. Mi madre heredó a sus hijos e hijas —a unos más, a otros menos— una admiración exagerada por las familias adineradas. No era difícil escuchar en casa el calificativo: "Es un muerto de hambre, no tiene en qué caerse muerto". De alguna manera, nuestra mamá nos encomendó la tarea de hacer una reparación que la consolara, uniéndonos, por la vía matrimonial, a familias de "buena posición". Sin embargo, yo no capté que el mensaje era también para mí; me identifiqué con los valores de mi padre, empecinado en estar cerca de los humildes, en descalificar a los que valoraban el dinero por encima de todo, por lo que se entercó en ganar poco, en vender la mercancía de su tienda a precios bajos, para que los lagunilleros pudieran comprar. A nuestra familia la dividió la ideología opuesta de sus progenitores. Pero vaya que no estoy hablando de nada nuevo; lo de siempre, la atracción de los opuestos, porque, claro, nuestros padres son seres que se unieron igual que cualquier hijo de vecino: el otro tenía lo que él/ella deseaba. Dos opuestos que procrearon hijos antagónicos, quienes condicionamos nuestro cariño, aunque estemos presentes en caso de que los demás nos necesiten. Pero el placer de cultivar día a día esa relación de hermanos, no, no. Caray, qué difícil es eso de respetar a los que no comparten "nuestros" valores.

XV

1987

No recuerda qué lo detonó; quizá los libros, películas, cumplir cuarenta, la epifanía de ver en las madres de sus amigas un espejo de cómo sería su vida cuando los críos volaran: de pronto algo se iluminó, y sospechó que su vida era descolorida. Una necesidad imperiosa de salir de aquella especie de nata que la aplastaba brotó, y quiso desenmascarar la falacia que en el "pueblo grande", el búnker que construyó, llaman "estabilidad". "Seguridad."

Así que, en cuanto sus hijos se organizaron actividades personales, simplemente decidió imitar a su gatita: cruzar el umbral de la casa y de una buena vez conocer el mundo de afuera. Caray, cuántos árboles distintos había en otras huertas, cuántas montañas de formas caprichosas circundaban los otros parajes. Poco a poco fue conociendo gente: una mujer mayor la invitó a una escuela de historia del arte donde se hablaba de otra forma y enseñaban a pensar. ¿A pensar? Tomó conciencia de que no confiaba en lo que pensaba, no creía en ella sino en lo que pensaba la mayoría. Obedecía mandatos.

En esos andares pudo saborear frutos nunca antes vistos. "¿Cómo pude permanecer en mi edén sin sentir curiosidad tantos, tantísimos años?" Sintió que el "pueblo" había sido no sólo un paraíso, sino una bella y confortable jaula. Los deseos de disfrutar los domingos en la seguridad del búnker huyeron despavoridos.

Lalo, su marido, entre un hijo y el siguiente se había permitido alguna aventura, pero había que hacerse de la vista gorda; eran pocos los divorcios en aquel entonces. Esos hombres, igualmente vigilados, observados, tampoco tenían escapatoria a menos que se arriesgaran a quemar las naves, y, si tenían las agallas de hacerlo, eran muy mal vistos, y de todas maneras no podían eludir dar una buena pensión para los hijos. Las primeras mujeres que se atrevieron a descasarse continuaron inmersas en la convivencia familiar sin alterar mayormente sus costumbres. Sin embargo, Oshi, a hurtadillas, con ojos hambrientos, cuando ya no tuvo el agobio del marido, se dio algunos permisos y se hicieron más frecuentes sus escapadas al mundo de afuera. Fue difícil sortear los obstáculos sola. Descobijada y culpable, "como debía ser", regresaba a su guarida, a lo conocido, a las compañeras con las que creció. Al útero materno. Al refugio.

Ese espíritu aventurero que detonaron las lecturas infantiles se fue saciando donde nadie la conocía. Donde las reglas eran más naturales. El día que invitó a su hermana Clarita, a Becky, y ésta a su amiga, fue fantástico. Juntas conocieron, sufrieron y gozaron una libertad jamás imaginada. En su compañía fue más fácil, menos solitario el camino, y divertido. Sorprendidas, descubrieron que, así como la vida estaba llena de riesgos, no tomarlos también era riesgoso y a lo mejor más costoso.

Poco a poco y escuchando a Joan Manuel Serrat, fueron haciendo sus propios caminos.

XVI

1989

Cuando voy a verte al panteón, pienso: "He aquí una mujer que vivió para que su marido no se enojara".

Abuela, viniste a México desde el otro lado del mundo, con Pínhas, tu marido, cual Sancho, de escudera, siguiéndolo en las buenas y en las malas, y con Shamuel, tu hijo, el que de a de veras te cuidaba. Yo, Oshinica, tu primera nieta, te juzgué mal, con mis ojos de entonces. Tuvieron que pasar todos estos años, setenta, para que yo entendiera con qué indefensión vivías en el país ajeno que te narraba tu esposo, quien sí andaba en la calle. Ese país que mirabas a través de sus ojos. Te refugiaste en tu hijo, y cuando ese niño cumplió los 15, te llegó una niña: Chelita. Llegó Uba, con su hija, dos indígenas, a ayudarte, a protegerte y a buscar protección. Entre todas esas mujeres apenas se dieron abasto para atender las demandas de mi abuelo.

En tu mundo de entonces no cabía la posibilidad de echarte a correr; no tenías para dónde; completamente a disposición del abuelo; ni la más remota opción de huir. Nadie, nadie en quien recargarte. "Ni la idioma." Y la

tremenda desconfianza... Abuela, abuelita, qué azoro te
hubiera causado ver vivir a tu primera nieta, que a esta
edad gana el dinero que la alimenta haciendo lo que la
hace feliz; crecer, sabiéndose mexicana. Ay, abuela, seguro
te morirías de miedo pensándote en mi lugar, pero a mí
me da más miedo pensarme en el tuyo: completamente en
manos de los humores de tu hombre. Entiendo por qué
cuidabas tanto que no se enojara. "Se *estruye* el mundo",
decías con cara de espanto.

Abuela Luna, tienes que reconocer que, a pesar de tus
infinitos cuidados, no lograste que el abuelo no se enojara. ¡Nunca lo lograste! Nunca, pobre abuelita mía. Puedo
aceptar ahora que yo también he cuidado que los hombres
no se enojen. Por eso no hablo, no digo lo que quiero, lo
que siento; no se vayan a enojar. Pero, abuela, ya aprendí
a escribir lo que me molesta, lo que ya no estoy dispues-
ta a hacer, aunque todavía no lo digo cara a cara, sino en
mis libros, bastante peinaditos. Lo digo así, porque decirlo
de forma salvaje, como suena un trueno, *no me place*. Lo
digo apenitas, podría decir que mustiamente. Si lo dijera
como me sale, sería destructivo. Tu adoradísimo hijo —mi
padre querido— no habló. Se comió el coraje. Le dio cáncer. Tal vez le hizo tanto daño que se fue antes que su padre. Yo lo escribo, no hablo de frente. No puedo. No pude
hacer enojar al hombre que me acompañó a descubrir esta
tierra mexicana, y durante uno de los tantos kilómetros
en que iba de copiloto, rogándole que bajara la velocidad,
caímos al barranco... Es hombre, ¡cómo iba yo a exigirle!

Mi cuerpo no volvió a ser el mismo. Con mi hijo practico ese arte que es hablar. Voy armándome de palabras porque el arte de escuchar lo hago mío; pero el de hablar, ¿cuándo lo haré más mío? Transmitir. Los represores no me gustan, pero tampoco tú, abuela. Tengo un buen maestro: mi hijo. Y alumnos-maestros, como Michel Descombey, Óscar Roemer, el niño del cuento "El traje nuevo del emperador". Eufrosina: Eufro, aire nuevo, fresco, libre. Apareció en uno de mis talleres para mostrarme otra forma de vida, una riqueza distinta, colores nuevos. Y tantos, tantas, imposible nombrarlos.

¡Habla, Inmodesta! ¡Habla, habla, Oshi, habla, por Dios! Le he contado a mi hijo Jacobo esta historia del silencio ancestral de las mujeres nuestras y me ha pedido: "Dime lo que tengas que decir, mamá; no voy a enojarme". No sé si en una de ésas le diré algo que lo moleste, y si así fuera, se enojará (pero sin aprovecharse de su fuerza física), y si decide ya no vivir en mi casa (porque cuando el accidente regresó para cuidarme), se irá y no se la haré de tos. Vivir es cambio permanente. Caleidoscopio, el más ligero movimiento cambia su forma. Un maravilloso juguetito de estos, estacionado en la misma figura, no sería caleidoscopio. Una vida sin movimiento, abuela, se convierte en agua estancada. La vida es río que corre... Luna, agüe preciosa y amada, mi pa se murió antes que su propio padre. Nunca lo contradijo. Nos quedamos sin él. Nos quedamos con el abuelo.

XVII

Como Shamuel prefería vender barato y mucho, le convenía comprar los saldos; pero gracias a las dotes de vendedor de Moshón, salían de esa mercancía con enorme facilidad porque de los saldos había que deshacerse pronto, difícil venderlos, además de que ocupaban mucho espacio en la tienda.

La palabra *saldo* retrocede a Oshinica en el tiempo; cuando a los quince, sin más, se vio lanzada a la mesa de las chicas casaderas. ¿Por qué tuvo que sentarse en la mesa de ofertas? Porque la mercancía nueva tiene mucha demanda en una sociedad mercantil. Moshón decía, refiriéndose a cualquier chica que a los veinte no se había casado: "Papá, es un saldo".

Todavía en 1955 eran tiempos en que daba vergüenza estar sola, no ser elegida para bailar, para casarse. Que nadie se dignara mirar a una joven era sinónimo de que no era valiosa. Las madres de esas "ofertas" temblaban, temerosas de que sus hijas se quedaran "solas y *arresecadas*". Y sí, era de temerse; las alternativas, como ser directoras de una empresa, aviadoras, escritoras, abogadas, médicas, no existían para ellas; ni siquiera la que tomó la costurera del

49

barrio, quien un día, aburrida de estar taca-taca con el pedal en la máquina, se metió a la lucha libre y en un dos por tres se vio recorriendo el mundo. Ninguna de esas alternativas era para ellas.

Era natural que Moshón se moviera como pez en el agua en El Puerto de Persia. A Ogenia jamás le iban a heredar el negocio. "Ella es harina de otro costal", repetía el abuelo a la menor provocación. La única salida para que a la primogénita no la vieran "sola y *arresecada*" era "ponerse abusada", pescar un buen marido. Y ya. Todo se resolvía como se "resolvió" la vida de la tía Chelita, y de Lety su hija. La querida prima de Oge.

XVIII

A dos pasos de aquí, una humanidad sensible y
cultivada —sin hacer caso del humo abyecto de
ciertas chimeneas, por las que habían brotado, un
poco antes, plegarias aulladas en yiddish— seguía
coleccionando sellos, estudiando las glorias de
la raza, tocando pequeñas músicas nocturnas
de Mozart, leyendo *La sirenita* de Andersen a los
niños.

ALEJO CARPENTIER

1997

No habías entendido, no imaginaste las consecuencias
ni la profundidad de lo que significó para tus abuelos tomar la decisión de llegar al continente americano en aquellos años, desamparados, vulnerables. Nunca sopesaste el
tamaño de esa hazaña. A ver, ¿cómo habrías reacciona-
do tú, si para hacer un viaje de un mes a la India, al otro
lado del planeta, sesenta y cinco años después, con todo el
avance tecnológico, los veinte días que te quedaste sin tu

amiga te pusiste loca? ¡Imagínate, trasplantarte en las condiciones que lo hicieron ellos, sólo la mitad de familia! Te quedaste con la idea fija de que tus abuelos eran miedosos: "No se integraron, jamás me llevaron un 15 de septiembre al Zócalo a oír el barullo del Grito". La quejosa eres tú. Recuerda, Oge, la que nació en México fuiste tú. Para tus padres y abuelos, ir a oír el Grito resultaba amenazante. Extranjeros. Les era extraño todo. Entiende, tuvieron que volver a nacer otra vez en otra parte del mundo. Inmigrantes europeos y orientales. En México, país que los acogió poco antes de la Segunda Guerra Mundial: se escuchaban noticias de persecuciones, campos de concentración. Vivían en México temiendo que el odio a los judíos del otro continente se expandiera a este país adorador de Jesús, católico, cristiano, devoto de los mismos santos que en Europa.

Hoy entiendo de dónde fue llegándoles ese encierro, ese meterse en sus casas sin la curiosidad de conocer Cholula y sus iglesias todas distintas; Malinalco, sus montañas, sus calles, su historia; Mérida, sus bordados, pirámides y pobladores sentados por la tarde afuera de sus viviendas; la laguna de Catemaco salpicada de garzas; Pinotepa Nacional y sus mujeres con pechos al aire; Huamantla y los nueve kilómetros de calles alfombradas de flores y aserrín de colores en días de fiesta. Ni siquiera a Teotihuacan llegaron, y eso que está tan cerquita. ¿Por qué, en tantos años, la curiosidad nunca germinó en ellos?, me preguntaba con enojo, ¿desprecio? Hoy entiendo: estaban ocupados engrandeciendo a los *hishos,* buscando que no les faltara nada. Y no faltó nada; su vida fue el trabajo, no supieron de un delicioso despilfarro. Para ellos los domingos eran sólo otro día. Eso inventaron para no mover ninguna ficha del tablero, para disculparse de que no se enteraron siquiera de quién fue Diego Rivera, y que si la Revolución Cubana, y que si el surrealismo. Parece que no se enteraron de nada del mundo que los circundaba; vivían atareados, aprendiendo a vivir en un lugar distinto al suyo, aprendiendo "la idioma", acostumbrándose a otros olores, colores, sonidos, otra moneda, otro humor, otra forma de peinarse, otra manera de vestirse. Otros códigos culturales. Cuántas veces escuché que a mi papi lo mandaron a la escuela en la calle de Ecuador vestido a la usanza oriental: una *shilaba* hasta el piso. ¡Cómo se burlaron de él! Desde los doce años el pequeño Shamuel se vio instalado en La Lagunilla y se dedicó afanosamente a congraciarse con la gente que trabajaba alrededor de la tienda, siendo generoso, tratando de suavizar, supongo, esa antipatía generalizada hacia los culpables de la muerte de Cristo, que no se acaba de pagar nunca. Temían que cualquier pretexto desencadenara ese odio irracional o racional tan extendido. Alguna vez contaron que, cuando el barco en que llegaron atracó en este lejanísimo y exótico país, les dijeron como a tantos: "Tengan mucho cuidado; aquí, por cualquier cosa sacan pistola. No vayan a sus fiestas; terminan con balazos". ¡Cualquier día nos iban a llevar al Grito, un 15 de septiembre! Ni locos. Por algo el primer acto que realicé como mujer sin dueño, como símbolo de abrir mi propio camino, fue ir con mis hijos pequeños a ver el desfile al Monumento a la Revolución. Fuimos muy felices. Mi Jacobito estaba chimuelo; ¡me gusta tanto ver una foto que le tomé, se veía tan hermoso! ¡Y viva México, señor!

Atareados evitando cualquier roce: "Es tan delgado el hilo, Oshinica *preciada;* además *eyos* tampoco confían en *mosotros, meshor* es pasar desapercibidos y no hacer olas, mijita". El temor los marginó.

Hace tiempo vi la película *Canoa,* donde un pequeño grupo de estudiantes paseaba por el pueblo cuando el sacerdote azuzó a la población en su contra, diciéndole: "Vienen de parte del gobierno a estudiar sus casas; se las van a quitar". Enfurecidos, los de Canoa acabaron a golpes y machetazos con varios jóvenes; sólo algunos lograron regresar con vida a la Ciudad de México.

Los pobladores dejaron salir los instintos más salvajes. Viví una pesadilla al ver en la peli cómo se manipulaba a la gente. El pueblo escuchó al "representante de Dios en la Tierra" y brotó un odio muy guardado, como el que surgió en tiempos de la quema de brujas y el odio de los puritanos a las prostitutas. Ese odio regresó. Xenofobia, hostilidad hacia los extranjeros y diferentes, hacia los extraños.

¡Qué miedo que alguien provoque a la gente en contra de los judíos y nos maten o nos quemen como a esos muñecotes que truenan tan horrible en Semana Santa, cuando siento que debo echarme a correr y esconderme para no provocarlos! "¡Judas! ¡Judas!"

Ahora entiendo su miedo. Yo soy mexicana: aquí nací, aquí crecí, estudié, me casé, eché hijos al mundo y retomé el hilo de educarme que abandoné cuando me casé. Todavía no conozco el mundo de donde ellos vinieron; tampoco entiendo los idiomas con los que crecieron, ni su música. Nací bajo este cielo, en este paisaje nopalero: siempre quise cantar música ranchera; Lucha Reyes y Lola Beltrán eran mis ídolas. De chica, cuando mi abuelo ponía en su "alta fidelidad" esos discos de 33 revoluciones con canciones orientales que me parecían quejidos más que cantos, mis hermanos y yo nos queríamos morir del horror. "Parece que van a vomitar", decía Clarita, mi hermana, haciendo la mueca. ¿Qué puede tener en común una canción de José Alfredo con una de Abdul el Guajib? Ya ni me acuerdo qué cantaba el tal Abdul. ¿Qué eran esos llantos?

Oshinica, tus dos familias de origen, la materna y la paterna, algo tenían de aventureras. ¿No te parece una gran aventura dejar sus tierras allende el mar para ir rumbo a lo desconocido? Dos meses hacinados en un barco, comiendo lo que traían en su itacate: huevos duros, roscas, aceitunas negras y algún pedazo de queso turco, tan rico, sólo por una ilusión que los movió de su casa. ¿De quién fue el sueño? ¿Quién entusiasmó al abuelo Pínhas con llegar a este remoto continente al grado de hacerlo quemar naves en busca de una ilusión? En algún momento decidió: "Voy a decirle a Luna, mi *musher*, que *mos* vamos". Tomaron a su hijo, a mi papá de doce años, y órale, a cambiar los destinos de ustedes, los que serían sus nietos. ¿La convenció? ¿O más bien una mujer persa tenía que obedecer y seguir a su hombre? Y tu familia materna también hizo la gran travesía: salió de Turquía a pesar de que Zimbul, tu abuela, no quería. Vino sólo a llorar y llorar, a añorar su terruño, sus calles, el Bósforo que inunda sus tierras, las islas, los palacios, los puentes que unen una isla con otra, las mezquitas, el *shuck*, hasta que un par de años después, sin haberse enamorado del país, "entregó su cuerpo" en Monterrey, adonde llegaron a instalarse, y dejó a Sarica, tu mamá, de trece años, ¡en la orfandad! Apenas cumplió los quince le presentaron al joven Shamuel, al que sería tu papá, para que llegaran ustedes, sus tres hijas y sus tres hijos, al mundo.

Y yo ahora, ansiosa de conocer y respetar a los de otras religiones y razas, camino mi país acompañada por mexicanos/as a los/las que amo y en los/las que afortunadamente confío. He recorrido con ojos nuevos gran parte de esta tierra, he aprendido tanto de los paisajes naturales como de los paisajes humanos, he descubierto maravillas. Mi lema actual es: "Más puentes, menos fronteras". Construir puentes y cruzarlos es mi gran placer. Tal vez por eso, porque me da rabia ver todo lo que mis padres se perdieron, y porque tardé tanto en entender que se atrincheraran con los que habían cruzado el mar como ellos; pero sí, tal vez sólo juntos encontraron esa seguridad que tanto necesitaban y sólo dieron su confianza a los "suyos". ¡Qué lástima que, por sentirse tan amenazados, mis adorados padres no se enamoraron como yo de México, y vivieron tratando de pasar inadvertidos, asustados aun por el dinero ganado, y tan ahorrado que hasta temor les daba gastarlo! Por eso, quizá hasta que enfermó nuestro papá no supimos que algo había atesorado en toda una vida atrapado en el "cajón". ¿Por qué mi padre le decía a El Puerto de Persia, la tienda de abrigos, así, "el cajón"? Qué lástima. Qué lástima que ese "cajón" que nos dio de comer a todos lo encerró. Mi papi. Mi pa: el papá de todos nosotros, sus seis hijos.

Sin embargo, el aprendizaje que me deja este andar por el "reino de este mundo", y lo que es más enriquecedor: con diferentes puntos de vista.

Como en las películas *Nueva York, te amo* y *París, te amo,* podría hacerse un *collage* con historias de inmigrantes judíos, cómo llegaron, cómo vieron este país, qué reacción les provocó, cómo se fue dando la integración. No contar sólo lo difícil; narrar también cómo fue descubrir poco a poco esta tierra, hablar del gusto por la diferencia, si lo hubo. Interesante, pues hay judíos rusos, franceses, mexicanos, árabes, turcos, griegos, indios, africanos, o sea, de orígenes, clases, olores, sabores, tamaños, envases distintos. Infinitos los puntos de vista de ida y vuelta, de ellos y de quien los conoce de lejos o de cerca. Será *México, te amo*. Imagino en pantalla rostros tan disímiles. Me dan ternura esos aterrados aventureros que hicieron tan largas travesías llenos de ilusiones y temores.

Ayer, tratando de explicarle a Silvia, vecina, la enorme diferencia que puede haber entre un judío de una nacionalidad y otra, porque ella engloba, generaliza, le dije: "Amiga, no puede ser igual uno nacido en Damasco que uno de Viena. Además de su ideología personal, cuenta la cultura del país de donde emigra". Y saqué a colación a dos jóvenes judeo-mexicanos, conocidos en los medios, ambos hijos de amigas muy cercanas. Qué curioso —pensé—, fueron nietos de judíos prominentes en la cultura donde se formaron. Escuché al abuelo de Leo cuando era director del Instituto Nacional de Antropología e Historia, cuando ofreció una conferencia magistral; precisamente me llevó su nuera. Yo, nieta de persas y turcos sin esos vuelos culturales, me quedé estupefacta al oír al señor Zuckerman hablando con entusiasmo frente a cientos de estudiantes que lo aclamaban. Ese hombre fue secretario de Estado de la Alemania Oriental, y parte de los pensadores de la Revolución Rusa: Trotski, Lenin y otros; ahí estaba Lidia, su esposa, escritora, psicóloga. Y el otro joven, hijo de Óscar y de Fanny, nieto de Ernesto Roemer, director de la Sinfónica de Viena, quien tuvo la suerte de ser protegido por su primer violín, miembro del

Partido Nazi. Por él salieron de Austria a tiempo y pudieron escapar del infierno que los esperaba.

Qué lejos estaba yo de los mundos de aquellos inmigrantes con tan buen nivel cultural, pues, desde que arribaron a América. Mis abuelos paternos y maternos se dedicaron al comercio, en un principio como aboneros en el centro, igual que la mayor parte de los inmigrantes. Mis padres se conocieron en México y en ocho años tuvieron a sus hijos, qué tiempo les quedaría para leer. No había libros en casa; mis abuelos no iban a llegar cargando su librero. Tampoco se habló de arte, como en la casa de Elena, mi maestra. No me atreví a soñar con ser algo más que un ama de casa. Me daban envidia las primeras amigas mexicanas que tuve en "La Femenina", quienes heredaron muebles de sus abuelos ¡y tantos libros! *Novia que te vea* tuvo, en un principio, el título de *Abuelo, herédame aunque sea tu ropero.* Y sí, lo heredé. Lo traje a mi casa; cuando abrí la puerta encontré una dulcera hermosa llena de los chocolates que Pínhas se recetaba a escondidas. Libros no, pero me comí los chocolates que de seguro dejó para que su primera nieta se endulzara la vida.

Sí, armaremos un libro con la historia de muchas familias que llegaron a plantarse en México, a echar raíces, a nacer aquí, a morir en esta tierra.

Es una idea que lanzo al viento; suelto el globo en espera de que alguien lo tome.

XIX

1993

Papi, apenas nos vestimos de novios tus hijos y tus hijas, nos deseaste "*hisho* que les nazca". Cuando te hicimos abuelo cambiaste la frase por: "padre alegre" o "madre alegre". Pero, papito, ¿te diste cuenta de que ponerme la camiseta de madre fue aceptar una camisa de fuerza, que cerré mis tan frágiles alas durante años? ¿Dónde había quedado la adorada locura de tu hija que discutía y exigía sus derechos de mujer frente a tu cuñado, esposo de la tía Chelita, el macho que llegó a reforzar las enseñanzas machistas de Pínhas, nuestro abuelo, tu padre? Tu Oshinica gozaba escandalizando a mi tío Isaac. ¿Acaso, padre, no advertiste que tu "locura", porque la tenías, se había atorado entre las carnecillas de la primera hijita, esa niña que llegó tan desvalida como llegan los bebés para conquistar a sus padres? Tamaña responsabilidad asfixió las orgullosas e incipientes batallas de tu Oge.

En busca del hijo que haría valer y trascender a mi marido, fui llenándome de regalos del día de las madres, de uniformes escolares, muñecas, supermanes. ¡Eran tan extraordinarios esos críos! Mis deseos de estudiar se metamorfosearon en "aserrín, aserrán, los maderos de San Juan, piden pan…", y las ganas de tener un desarrollo personal se olvidaron, porque lo urgente era que sobrevivieran, que no se cayeran, que no se quemaran, que no se atravesaran la calle; llevarlos a la escuela, ayudarlos con la tarea para cumplir con el guion que tenía asignado: ser buena madre. Olvidé mi camino. Dejé de luchar por mí.

Y por ti.

Papá, hoy cumples ocho años de haberte ido y no quiero que nada me interrumpa, quiero escribir esta cartita que recibirás donde estés. Mientras el cáncer devoraba poco a poco tu vida y sentíamos tu enojo con Dios, yo quería hablar contigo, pero ¿cómo? No, no sabemos hablar, no sé decir lo que siento; nosotros no teníamos un maestro o maestra que nos enseñara con su ejemplo a expresar lo que necesitamos decir. Papacito, nos dejaste llenos de dudas y nos dejaste también a tu padre, a nuestro abuelo. Tampoco durante los meses en que te despedías te atreviste a decir algo de a de veras, a hablar de la muerte. Algo más íntimo. Papá, esto de ser mudo es horrible. ¿Cuánto tiempo me tomará aprender a comunicar lo que siento, y a decir ¡no quiero!, y a no tener miedo a sentir el dolor de ser? Te agradezco que me envíes maestros, los que habrías querido tener tú. Los recibo como un regalo supremo. Tus hijos reconocemos que, con todas tus debilidades, fuiste un gigante, y a lo mejor "al que madruga Dios le ayuda", como decías cuando entrabas a despertarnos para ir a remar a Chapultepec, pero hoy quiero seguir aquí, en mi cama, con los ojos abiertos hacia dentro, recuperando mis recuerdos, con miedo de que suene el teléfono y borre la luz donde te veo y escucho tu risa, y que desaparezca tu imagen y sólo quede lo de siempre:

El olor del eucalipto.

Los árboles y caminos del Bosque del Pedregal, donde mi hermana sembró un árbol, que eres tú.

XX

2005

Tuve un sueño tan real. Apenas desperté, lo escribí.

Ansiosa de liberarse y liberar cadenas y prejuicios propios y ajenos, un día Oshi sintió la necesidad de ser armada caballera, como cuando la familia completa lo hiciera con su hermano Moshón. Al no encontrar a nadie que la sintiera digna de serlo, para salir legítimamente, aunque fuera sin armadura, a librar batallas y en busca de proezas, justicia y aventuras en las geografías más descabelladas del planeta, pacientemente esperó que el día llegara, cuando llegara.

Frisaba la edad de nuestra valerosa defeña en los cuarenta, cuando partió como los caballeros andantes que Don Quijote admirara en los tantos libros que cayeron en sus manos.

Aun cuando no tenía la licencia que otorga tal envergadura, al dar por terminado aquel cautiverio que aguzara el hambre de lucha por la libertad, empezaron sus peripecias. Pero, obviamente, la infortunada dama, poco tiempo después de haber salido, se estrelló, como era de esperar, contra obstáculos insalvables. Maltrecha, cubierta de llagas, moretones y alguna que otra cuarteadura, orillada por el destino, regresó a su tierra por bálsamos y ungüentos que curaran sus heridas. Con todos sus años a cuestas, tristemente reconoció que algo le faltaba: todavía no había sido armada caballera, y tal cosa le hizo sentir una terrible carencia.

Aún seguía en pie de guerra cuando oyó hablar de un hidalgo que poseía grandes extensiones de tierra y la potestad de armar caballeros. Sin darse por vencida, decidió encontrarlo a toda costa y pedirle que la dotara de tan alto atributo. El señor del castillo, Las Puertas de la Libertad, recibió con grandes honores a dama con tales pretensiones. A diferencia del castillo al que llegara el hidalgo manchego, en éste sí había capilla donde velar las armas para realizar los debidos rituales; de manera que doña Oshinica —Oshi—, asida a su lanza, estaba lista para ser investida de tal nombramiento.

—Os pido la gracia —le dijo al castellano con mucho donaire— de armarme caballera.

Don Rogelio, el terrateniente, mostró sus bártulos a doña Oshinica, quien pensó que un hidalgo de tal envergadura los había juntado a lo largo de su vida, sin saber si serían ventura para ella.

—Os otorgaré el don que me pedís —replicó el señor del castillo, que no preguntó por dineros, porque bien sabía que, en las historias de caballeros andantes, ninguno los traía. Caso insólito, se trataba de una dama que, una vez nombrada caballera andante, estaría en condiciones de nombrar a su vez a cuantas mozas así lo requirieran, que en estos tiempos no escaseaban. Ansiosas salían a conquistar el mundo, en igual o mayor cantidad que los más valerosos caballeros que ceñían filosas espadas.

—No esperaba yo menos de la gran magnificencia vuestra, señor mío, y así os digo que el don que os he pedido redundará en alabanza vuestra, hará más próspero el mundo y será en pro del género humano —Doña Oshinica tuvo a bien cuidarse de no decir dos o tres palabras que gritaban en su interior: no sólo en pro del género humano sino de la equidad de género.

Mientras se velaban las armas como es debido, para que al día siguiente se cumpliera su deseo, a la dama acudieron recuerdos de aquellos días de infancia prolongados hasta la adolescencia, y más, cuando armaron caballero a su hermano Moshón, sin ser primogénito, sino tan sólo el varón. La familia unió esfuerzos para ello, ya que sólo con su gallarda presencia, aunque no tuviera escudero, él saldría a cosechar honores para los suyos, a conquistar el mundo. Por demás estaba decirle que, una vez lograda su misión, regresaría como jefe del clan a compartir el triunfo.

Efectivamente, Mi hermano conquistó el mundo por sus cuatro costados, de norte a sur, de oriente a poniente, mas no volvió por nadie; aunque sí a disfrutar privilegios, ostentar lo recaudado y empoderarse como jefe máximo del clan.

Algunas décadas tendrían que pasar para que nuestra gallarda Ogenia entendiera que su hermano no compartiría su camino con quienes se esmeraron para enfundarlo en tal investidura, y que ella misma tenía que aspirar a tal título y ganarlo.

La madrugada en que se llevó a cabo el ritual le fueron entregados a nuestra hidalga los bártulos que la acompañarían en proezas todavía posibles.

Concluida la ceremonia, Ogenia solicitó al dueño del castillo Las Puertas de la Libertad, que pasaran todas y cada una de las damas presentes, para investirlas con los mismos honores que ella acababa de recibir. Al ser tocadas con el cetro y la espada de la caballera andante de este relato, tales damas juraron ser fieles a su señora, pero ante todo a sí mismas, en la guerra, en la paz, en la salud, la enfermedad y la adversidad.

Nuestra hidalga amaneció plena, llena de ilusiones. ¡Al fin hermanada con todos los caballeros andantes de los tantos libros que poblaron su imaginación de venturosas proezas!

A mediodía, tan contenta y gallarda, la alborozada caballera abandonó Las Puertas de la Libertad. El gozo reventaba las cinchas de los cojines que, desde las cuarteaduras guerreras, siempre llevaba consigo, pues le protegieron los huesos averiados en batallas de antaño, no todas perdidas.

Cabalgando sin desánimo alguno el motor de su rocín, llena de confianza en un futuro más justo, donde lo real y lo ideal se fundieran, agradeció la merced de haber sido al fin armada caballera.

Así fue como la hidalga tomó de la mano a su hijo Jacobo y, nombrándolo su escudero, se lanzaron juntos a "desfacer entuertos".

XXI

2006

Leo la autobiografía de Golda Meir para mi taller. Obvio,
la veía en fotos, en la tele. A pesar de lo heroica que era,
no faltaban las bromas y adjetivos groseros de mis compañeros de la secundaria en el Colegio Sefaradí: "Hasta
bigotuda es, qué hombruna vieja, bajo sus faldas hay un
par de *tashaques*" ("huevos", en hebreo, pero la palabra
era despectiva). ¿Cómo diablos no indagué por qué era tan
reconocida, cuál era su mérito? No, no indagué. En nuestro mundo de apariencias, de cuidar la imagen para "no
estar en boca de la gente", ¿quién quería ser como ella, si
tantos hombres a mi alrededor se burlaban? Mi quehacer
era ser "femenina"; colocarme y sonreír en los aparado-
res donde fuera visible, a fin de ser escogida para esposa; el modelo Golda Meir: tache. No importaba que su
vida fuera una lucha por defender un Estado que ha dado,
a todos los judíos del mundo, tranquilidad sólo con existir.
De haber sabido cómo llevó su vida, quién era realmen-
te, se habría convertido en mi heroína. ¿Por qué no la vi
como el ejemplo que es? Buen cuidado tuvo el patriarcado

para que no destacara exageradamente ninguna mujer por algo que no fuera ponderar su papel tradicional, que tanto lo beneficia. Nunca se habló del desgarramiento con que Golda vivía ser madre, esposa y estadista. Su ejemplo sólo era bueno para "alebrestar chamaquitas". Yo, como tú, Goldie, quería ir a un *kibutz* a vivir un mundo más igualitario, pero debía cumplir con el mandamiento que Moisés nos entregó: respetar, no defraudar a los padres. Qué lástima que no leí antes esa autobiografía que escribiste desde 1975. En el 78 me independicé; tu ejemplo me habría dado fuerza, habría sido menos difícil mi lucha por ser algo además de madresposa. Cuando la familia Meir, rodeada de sionistas, bundistas, socialistas, seres siempre en ebullición, pensantes, llegó de Rusia a Milwaukee, la mamá de Golda puso una tienda en su casa; ni su padre ni las dos hijas, Sheyna y Golda, se ofrecieron para atender el negocio. Golda argüía: "Mis principios socialistas me lo impiden". A mí tampoco me gustaba ir a la tienda de mi papá por algo parecido, pero no supe juntar las palabras para decir lo que sentía. No sabía hablar. Tampoco sabía cuánto pierde el que no sabe hablar.

A mi familia apolítica la supervivencia la absorbió. Me llamó la atención que a tus quince años, Golda, cuando estás por irte de tu casa de Milwaukee a Denver, a tu hermana Sheyna, para no salirte de tu camino, la besas mientras duerme, procurando no despertarla al despedirte. La responsabilidad que sientes con ella te obliga a no traicionarte. A realizar tus ideales. Ése fue el ejemplo que quisiste dar a tu hermana. No me traicioné. Para mí, la responsabilidad como hermana mayor fue lo opuesto: que vieran que me casaba como "debía ser", que obedecía a mis padres; como mi padre, que fue responsable con su padre y con sus hijos, pero no consigo mismo.

Me identifiqué con Golda cuando vi el monólogo que dirigió mi amigo Nathan Grinberg, quien me regaló el libreto y la autobiografía de esta mujer. Llena de ansiedad por empezarla, me lancé al club con la idea de tirarme en el pasto toda esa tarde. En cada semáforo leía algo. Me desilusionó encontrar poco de vida personal en el índice, tan poco que parecía más uno de esos currículos harto parciales que apenas hablan del ser que presentan y que tanto critica mi poeta favorita, la polaca Wislawa Szymborska. Me frustré. Recordé mi propio currículo. De 1957 a 1978, que me dediqué a los hijos, nada. Vacío. Como si esos 20 años no hubieran existido.

Me tocó una tarde luminosa, el pasto brillaba en su verdor. Leí hasta la página 62, y sí, Golda habla de su vida personal, no tanto como yo deseaba. Dice que nunca se arrepintió de dejar Milwaukee para ir a Palestina con Morris, quien se convirtió en su esposo. Él no estuvo contento en el *kibutz;* era un artista, le gustaba leer, escuchar música. *"¡Culpable, siempre culpable! Cuando sigo mis ideales y culpable cuando no los sigo; si vivo una vida familiar, culpable; si no, también"*, dice la señora Meir. Ya en la página 90 me sentía totalmente identificada con Golda, la niña de oro, *gold,* que vive encerrada en su piso con sus hijos y con el hombre que ama: Morris, quien enfermó en el *kibutz* y tuvieron que irse a la ciudad, adecuándose a lo que él ganaba. Los pensamientos y la energía de Golda, invertidos en subsistir, en pedir prestado porque el sueldo del marido es poco. Hasta que estalló, no pudo más con esa forma de vida y regresó a la política.

Su madre y hermanas la culpaban, compadecían a sus hijos y a Morris; acusaciones que siempre nos caen a las mujeres. Fue en la vida política donde Golda conoció a los que después se convirtieron en sus íntimos, los que trabajaron para crear el Estado de Israel que albergó a los judíos de la diáspora. Ella le dirá, años después, cosas fuertes a su marido: "Les gusto a otras personas por lo mismo que no te gusto a ti, Morris. Yo no era una santa —nos guiña en el monólogo—; me gustaban los líderes, eran hombres excitantes". Me identifico con su desgarramiento, su debate interno entre sus ideales y el rol tradicional de la mujer. Cuando sólo era ama de casa, le dijo a Morris: "Cada día me hago más pequeña". ¡Qué frase! Yo no me la hubiera dicho…, sí…, pero mejor no…, mejor no pensar. Claro. El monólogo en el que tan fantásticamente actuó Fanny Sarfati fue escrito por un caballero que no acaba de entendernos: por eso no le dio tanto peso al dilema de una mujer a la que no le basta ser madre. "Me rodean miradas acusadoras", se dice Golda. ¡Pinche culpa!, me digo. Mi tiempo de vida ¿acaso no me pertenece? Afortunadamente, aunque tarde, tuve modelos más plurales. ¿Qué habríamos ganado con una mujer más tejiendo frente a la tele?

Y yo, ¿una madre-abuela más? Una escritora que se arrancó el vestido de novia que con tanta chaquira y lentejuela la jalaba hacia el suelo. No, no; las culpas son lastre. No haber hecho una vida propia me habría dolido hasta el último día de mi existencia.

Sí, la maternidad es una enorme alegría; en realidad no hay palabras para decir lo enorme que es. Pero no debe ahorcar. Criar a mis hijos fue para mí un espacio de paz, de seguridad, de amor; aprendí a confiar. Y sí, reconozco, mi marido fue buen proveedor. Hombre cariñoso por muchos años, pero fue aburrido estar casada con él y con la televisión. Muchas alegrías me dio la maternidad, me enriqueció enormemente, pero me dejé arrebatar todo lo demás... Todo.

Y no era necesario.

Semana Santa

Perdí la autobiografía de Golda Meir durante 24 horas. Traspapelada en mi desorden. Enloquecí. Qué alivio retomarla. Tanto buscar en el mundo no judío, en el feminismo, y ahora es Golda la que me cimbra; se lamenta de que, queriendo tanto a Morris y él comprendiéndola tan bien, su matrimonio se haya ido abajo. Él quería una mujer en la casa. Golda no pudo hacerlo.

Las líderes se rebelan ante esa vida chiquita que se ofrece a la mujer. Sus ideales pueden ser tan fuertes como el amor a sus hijos. El amor de Golda abarcaba a su pueblo, los derechos de todos a tener una tierra, un lugar donde vivir. Un lugar propio.

Durante la lectura de la autobiografía se despertaron mis sentimientos judíos, combinados con el afán de abrir mi mundo, de ser más universal. Golda vivió la proclamación del Estado judío. Estaba en esa parte de mi lectura cuando el teléfono sonó; levanté la bocina y, en cuanto reconocí la voz de Elenita, le dije, entusiasmada:

—¡Me volvieron a salir estrellas, Ele!

—¡Mañana me cuelgo de uno de tus picos! —respondió con una gran carcajada.

XXII

2008

"Al que madruga, Dios lo ayuda", aseguraba mi padre, que a las cinco y media de la madrugada se preparaba para salir a su deporte diario.

Ahora que prácticamente vivo sola, me permito dormitar en la cama. De niña no hubo tiempo para pensar. Y no pensé. Nunca hubo espacio para entender algún porqué. Yo hacía. Punto. Desde el momento en que la prisa de mi mamá despertaba —"¡Mochila, uniforme, desayuno! ¡Tus hermanos, el camión, el *lunch*!"—, mi quehacer consistía en estar lista.

Gracias, papi, por este amanecer húmedo. Sí, hoy me regalas una de tus mañanas de respirar bosque. Tu herencia no se acaba. Chapultepec eres tú. ¿Qué es Chapultepec para todos los mexicanos comunes y corrientes que venimos a este bosque a curarnos el cuerpo y el alma? No cabe duda, Chapultepec, gran refugio para esos domingos que, cuando no somos creativos y vamos en automático al club, o vivimos encerrados, se nos vienen encima.

¿Por qué se iba mi padre al bosque? ¿Huía? ¿Desde cuándo? ¿Adónde podría haber ido a las seis de la mañana que no fuera al bosque?

XXIII

2009

Querida Eufrosina:

¿Te acuerdas de cómo nos conocimos? Claro, lo hemos evocado muchas veces. Te llevó una compañera a mi taller literario; recién habías enviudado, creo que tenías unas semanas. El curso estaba terminando, pero cuando nos despedimos te dije medio en secreto: "Te quiero cerca de mi vida". Y así... Ignoro cuántos años tenemos de conocernos; ya sé, te estarás riendo al recordarlo. Y seguimos; entraste en mi vida y yo en la tuya, compartimos muchas amigas.

Tengo frente a mí la foto en que estamos las dos de rojo, tú con el vestido de tehuana más elegante que he visto, el cual luciste hace dos años en mi cumpleaños, y yo con mi capa de pelo de llama, también roja.

Supongo que te has dado cuenta, mi Eufro, que hemos vivido de modo muy, pero muy diferente. Tú, chiapaneca, hija de maestros rurales, ¿medio comunistas, o ya estoy inventando?, etcétera, etcétera. Yo podría decir que viví en una de tantas ciudades de los alrededores del Defe, sólo que a la mía se llegaba por un túnel que de alguna manera nos aislaba dentro de un bellísimo lugar montañoso. Ahí teníamos todo, no había necesidad de ir a otros mundos, como sucede con los amantes al principio de su amor (no sólo nos felicitábamos por pertenecer; algunos hasta nos sentíamos culpables con los que no gozaban de nuestros privilegios). Las señoras, atareadas, nos preparábamos para ir con la modista, al sastre, para correr de un evento social a otro y llevar a los niños a donde tocara. Hacer, hacer, hacer. Nos las arreglábamos para vivir atareadas. Nunca se nos ocurrió imaginar que alguien pudiera compadecernos. Viví encerrada en el búnker de esa Familia Grande, como de unos treinta mil habitantes.

Creo que hace siete años apareciste ofreciendo tu sonrisa enmarcada en rasgos indígenas, ese porte con el que luces tus canas, tus arrugas, tu rebozo color fucsia con falda lila y fondo de encaje; esa variedad de ropa mexicana con la que cubres tu cuerpo bien formado. Tenías un mes de haber enviudado del hombre al que amaste, con quien hiciste tu vida y tuviste hijos, de quien pude saber cuánto lo quisieron en el homenaje que le prepararon en la Normal de Maestros.

Eres dos años y cacho mayor que yo; has sido antropóloga, pedagoga; te has movido entre los marginados de nuestro país; bailas danzón y tango; obviamente, tienes tus pretendientes... Pero te cuento de mí...

El camino que elegí, de abrir mi interior al escribir, me mostró que, al hacerlo, otros podrían mirarse en mí, se atreverían a imaginar una vida más propia. Es triste que, para lograrlo, tuviera que divorciarme. Algún tiempo me dediqué a vagabundear, recorriendo de norte a sur nuestro país, tomando fotos y videos. Después de algunos años de peregrinar, regresé al calor de la Gran Familia, al club; pero no igual, para no quedar atrapada otra vez. Encontré un refugio para llegar a cualquier hora, todos los días del año, a tirarme en el pasto que rodea la piscina y quedarme dormida sin ninguna inquietud, confiada, como si estuviera en el jardín de mi casa. ¡Qué delicia!

Más tarde que pronto, el síndrome de Pueblo Chico volvió a manifestarse dentro de mí, y aunque mi deseo de aventura se moderó bastante, volvieron a desesperarme nuestras existencias tan similares unas a otras. ¿Qué escribir en un mundo donde, sobre la vida interior, tiene prioridad la vida en sociedad; en el que el orden establecido marca la cotidianidad? La familia por encima de todo. ¿Qué no he tenido la fortuna de encontrar en Pueblo Chico? Introspección, apertura para el que piensa diferente, para el que vive como quiere o puede; eso que tú haces con toda naturalidad: aceptación, generosidad te sobran, Eufro. Tu vida ha sido y es un constante interés, no sólo por los de tu comunidad, sino por los otros. De nuevo exagero: de alguna manera los de mi pueblo procuran no sólo a su familia de origen; son solidarios y están atentos a las necesidades de su gente en todas las etapas de la vida: desde que eres bebé hay para ti un espacio de esparcimiento en el club, en la adolescencia también, incluso en la vejez, y bueno, hasta panteón tenemos. Voy a invitarte a pasar un día completo en mi pueblo.

Sin embargo, coartan nuestra libertad cuando somos demasiado jóvenes. Así es. Antes de saber hacia dónde queremos dirigirnos, adquirimos compromisos imprudentes. Debo reconocer que este pequeño Pueblo Chico es de gente buena aunque temerosa, que no quiere arriesgar lo que ha cosechado. Una vez que echan raíces, no hay manera de que algo extraño los mueva de su lugar. No van a jugarse su patrimonio, y a veces hasta un condominio de fin de semana con jardín y alberca, y en no pocos casos playa. No se detienen a pensar para entender que solamente reproducen lo que aprendieron: continúan la tradición. Como en la mayoría de los grupos, se impide el desarrollo de pensamientos propios; son peligrosos. Se permiten algunas variantes: hay médicos, ingenieros, arquitectos, abogados... pero con intereses similares; aspiran a pertenecer, a tener buena casa, viajes, coches, vacaciones en buenos hoteles. ¿Pues quién no? Todos, todosios. Muéganos necesitados de compañía o temerosos de vivir en libertad. Desde que tengo memoria casi nadie llega de fuera. Somos los mismos, los hijos, los nietos, nuevas generaciones con pocos cambios.

XXIV

2014

—¡Hola, Jacobo! ¿Cómo amaneciste, mijo?

—Extraño a Pausa —responde con voz de dormido.

—Llévatelo; el gatito también te extraña.

—Me lo voy a traer tres o cuatro días; pero, si no puedo con él, te lo regreso.

—¿Puedo contarte algo? Anoche tuve un sueño lindo.

—Si no es largo, sí; porque ayer me contaste una película, ¡y no!

—Soñé que un fin de semana íbamos al rancho de Rogelio, un cuate que viene a mi taller; ya lo conoces, es uno muy trajeado, guapetón. Resulta que tiene una sala de armas en su casa, con todos los aditamentos medievales que ha coleccionado a lo largo de su vida. Soñé que me armaban caballera en una ceremonia efectuada con todos los rituales.

—¿Sí, mamá?... Qué fantástico.

—De veras, mijo. Me vi engalanada con todos los bártulos; todo se hizo con la seriedad que implica un ritual así.

—Sí, mamá.

—Eso hicimos con mi hermano Moshón; ya sabes, de alguna manera nos quedó claro que ese niño Dios que teníamos en casa era nuestra mejor carta.

—Ya me lo has contado algunas veces. pero sigue, estoy preparado para oír toda clase de insensateces.

—Ay, cabroncito, hijo, te conté eso, pero el sueño no; había que empoderarlo, armarlo con todas las herramientas para que saliera a conquistar el mundo, para eso estábamos toda su familia.

—Sí, mamá, te quiero mucho —ríe.

—Pero no me digas: "Mamá, estoy preparado para escuchar toda clase de insensateces".

Ambos ríen.

—Salió a conquistar la gloria; ya lo sabes, no invitó. Tal vez en su yo más interno era tímido, al parecer no se sentía tan fuerte como para imponer a su familia a otros.

—A lo mejor, mamá; a lo mejor lo asustó la responsabilidad.

—Él ya no se volvía loco por estudiar. La que quería era yo, pero eso en mi familia, criada en países musulmanes, no se estilaba. Entré al camino que mi destino me tenía reservado. "Y cuando desperté…"

—Sí, madre, "el dinosaurio estaba ahí", ya tenías cuatro hijos. Ya pasa al siguiente capítulo.

—Y, con el dinosaurio encima, traté de crear otro destino, elegido por mí, y seguí adelante; claro, para entonces ya estaban en mi vida Elenita y Alicia Trueba.

—¿Ya ves? Tengo una mamá muy afortunada.

—Ahora soy yo la que recorro lo que me queda de vida. ¿Te puedo contar lo que soñé? Todo era tan real... He sido armada caballera y al lado de mi Sancho Panza, que eres tú.

Risa.

—A veces intercambiamos nuestros rocines; tú eres un Quijote apuesto y yo me siento orgullosa de ir cambiando el corcel por el burro de escudera, y lo disfruto, como tú disfrutas ir al lado de tu madre Oshinica Matarasso. Pero me vi armada caballera. ¿Qué te parece mi sueño, hijo?

—Es bonito, mamá.

Silencio.

—¿Qué pasa, Jacobo?

—Nada, ma. Es lindo tu sueño; me gusta. Te voy a hacer un autorretrato para que te veas. ¡Mi mamá armada caballera!

XXV

Querida mamá:

Siempre dijiste: *"Barbin-nan,* caer en boca de la *yente"*.

Claro, madre, me trajiste al mundo en otra época; me criaste en los cincuenta, cuando las familias en México tenían una moral guiada por las religiones, cualquiera que profesaran. El cine capta y muestra la conducta que deben llevar las familias: padre, madre, hijos, hijas, cada uno tiene un guion por cumplir. Acuérdate de las pelis que veíamos de Joaquín Pardavé, de los hermanos Soler, de Dolores del Río. Las madres son las "reinas" del hogar; los hombres esconden, si tienen, su doble vida. Las jóvenes de sociedad se preparan para ser buenas esposas, buenas anfitrionas. Cuando entré a la Universidad Femenina, varias compañeras venían de escuelas donde aprendieron a usar cubiertos, copas, vajillas, y a acomodarlos correctamente. Recién llegada a México, Pilar Candel daba clases de personalidad en la televisión: cómo caminar, cómo sentarse, cómo cruzar las piernas. ¿Recuerdas que nos sentábamos con nuestros tejidos o costuras a verla? Nos domesticaban como a los animalitos de casa. Eran tiempos en que los hijos varones cuidaban y vigilaban a sus hermanas en edad de merecer. Moshón, en la tienda, tomaba su papel: las llaves del cajón —así le decía mi papá a lo que hoy sería una caja registradora—, y, si sorprendía a algún vendedor que osara detener su mirada en mí, y no de reojo, me ordenaba: "¡Métete!". Nunca estuvo de mi parte; cumplía con su deber. Ahora lo entiendo; antes creía que era cosa de él, y me caía gordo. Se sentía el gerente aunque yo no era su subordinada; quería mandarme, pero no, si era menor que yo. Sin embargo, era lo normal: los hermanos varones cuidaban a sus hermanas.

La norma para las mujeres, no sólo en la comunidad, era muy clara: llegar vírgenes al matrimonio. Me acuerdo de la película *Callejera,* de una mujer de la vida. Y que, un día que llegué tarde de la escuela, me gritaste: "¡Callejera!". Hay muchos libros sobre los castigos sociales y familiares que sufrían las jóvenes que transgredían esas normas. No sólo en nuestro país. Hay una novela, *Crónica de una muerte anunciada,* de García Márquez; te la llevaría, pero... Ahí devuelven a la novia porque no llegó nuevita, virgen, a los brazos de su amado. Eso allá donde nació ese escritor, pero entre *mosotros* sería una vergüenza que tu familia política te regresara a tu casa.

En la secundaria había dos tipos de muchachas: las locas, que usaban pantalones, ¡imagínate!, y las *buenas muchachicas,* que aspirábamos a que un "buen muchacho", no un escuincle como los niños de nuestra edad, se fijara en nosotras. Nos daba terror quedarnos solteronas.

Y aunque era angustiante, íbamos a las fiestas de la comunidad, a ver si conocíamos un buen *mazal*. Nada que ver con las fiestas del salón, donde, qué felicidad, había total ausencia de adultos.

"*Cúdiate* de estar en boca de todos —repitió la tía Mati—. Si eres rica, aunque fueras *atavanada,* te casas en dos patadas. *Amá* tú, Oshinica, lo sabes; rico no es el *pobereto* de tu padre. A las *atavanadas* que se *deshan* manosear, *¿quén* las va a tomar? Se divierten con *eias, amá,* no las *queren* para *cazarse*." No *mos* metas la cara en el lodo.

Cuando iba al club con mis niñas, las encontraba con sus carriolas y la nana, y esas *atavanadas,* que se veían fantásticas, llegaban con sus flamantes maridos. De la más guapa se oían tantas cosas, y en una excursión incluso la vieron desnuda. Yo pensaba: "Pobre, se están aprovechando de ella; sólo quieren…". Pero no; muy buena vida tenía, viajaba, vivía en Las Lomas.

Sí. En 1980 me divorcié y me recomendaste varias cosas para no estar "en boca de la gente". ¡Pero no, mamita! No iba a seguir cuidando mi reputación; se me iría la vida en eso, aunque dijeras: "Tienes tres *hishicas* para *cazar*". Gracias a Dios *topé* una forma de cuidar mi reputación y "no quemarme". Dije: "Voy a tener novios por fuera, vaya, no paisanos, para qué estar en boca de la gente, para que mis *hishas topen* un buen *mazal*". Andar con los *muestros* me habría obligado a cerrar la boca porque, ya lo dijo sor Juana en el siglo XVII: "Hombres necios que acusáis a la mujer sin razón, sin ver que sois la ocasión de lo mismo que culpais".

85

Yo no me atrevía a ser natural. Dorí, la rica del salón, decía cualquier cosa, pero yo…, pues no, mamita. Con un novio de la comunidad, ni loca me abro. Son chismosos; claro, no todos, pero los galanes que se reunían en el asoleadero del club presumían: "Me acosté con ésta…". "Sí, ésa se acuesta con todos…". Cuando Becky se divorció, encontraba a su ex y le preguntaba: "¿Cómo estás?". Y él se soltaba: "Estoy saliendo con X. ¿La conoces? No sabes qué casa tiene. Me invitó a su depa de Miami; tiene yate, etcétera, etcétera", y así cada que lo veía. Siempre me cayó bien a pesar de que presumía. Es que la oferta y la demanda entre hombres y mujeres… es muy dispareja.

En el club conocí a Bertha; sabes quién es, ¿verdad? Ella no se obligó nunca a ser "buenita"; con ella me atreví a no ser amable, a salir de noche a lugares donde rara vez iban paisanos, lo que me habría llevado directamente a estar en "boca de la *yente*". De por sí no fue fácil volver a la soltería después de veinte años de casada, porque durante ese tiempo, Sarica, no platiqué con hombres; tener un amigo, ni pensarlo. Yo no sabía hablar con naturalidad con alguien que no fuera mi marido. Hablar tampoco sabía; digo, hablar de verdad como lo hago ahora, porque había muchas cosas que yo pensaba que no se podían decir. Para Bertha, lo privado no existía. En el anonimato empecé a expresarme con más naturalidad, se me fue curando el deseo enfermizo de agradar, de ser muy mona y decir: "Como tú quieras", de ocultar mis deseos y sentimientos. Fue como empezar a dar mis primeros pasos para nombrar, para hablar y llegar algún día a ser yo misma.

Lenta, muy lentamente, fui abriendo la boca sin miedo; total, nadie me conocía fuera de mi círculo. Hablar de a de veras ha sido lo que para el gusano de seda es metamorfosearse en mariposa, adueñarme del lenguaje y pensar en la posibilidad de convertirme un día en escritora. Porque ya también asistía tímidamente al taller literario de Elenita, donde yo era la única judía, cosa que me dio la seguridad de que lo que ahí se abría, ahí quedaba. Y fui no sólo aceptada, sino cuidada. Ellas, cada una del grupo, tenían los mismos candados sociales en la boca y en el cuerpo que yo; era natural, vivíamos en el mismo país, en la misma época. Algunas hasta habían salido con "chaperón" cuando tuvieron novios; alguien iba para que los novios se portaran bien. Eso del chaperón, creo que jamás lo escuchaste: llegaste de Turquía a los trece; luego luego murió Zimbul, tu mamá; te presentaron a un "buen muchacho", y a los quince ya estabas casada. No te dio tiempo de nada.

No, mamita; tú, que hablabas mucho, tampoco sabías dialogar, mostrarte, dejar ser al otro para que tenga la confianza de ser natural. Me atreví a abrir la boca aunque la recomendación familiar era: "En boca cerrada no entra mosca", que mi papá acató, porque con mi abuelito no había de otra.

Para cuidar mi reputación y no avergonzarte saliendo con uno y con otro, opté por dividirme en dos: la "mosca muerta" y la madre de cuatro hermosos hijos, que ocultó una parte de su vida, como si te hubiera ocultado un embarazo. Sólo así, dividida, pude tener una vida personal que incluía el sexo. "No, mamá, no iba a vivir cuidando mi reputación." ¿Acaso tenía yo que posponer todo lo placentero hasta…? ¿Hasta cuándo? Si a cada rato tú y tus amigas decían: "Cuanto *avoltas* la cara, ya te hiciste *viesha*".

Ahora ya "*so* una *musher aedada*". Ya no tengo que cuidar mi reputación. Soy una mujer respetada, respetable, valorada en muchos ambientes, pero no entre los que valoran sólo la belleza física o el dinero y todo lo que se adquiere con él.

Sí, mamá, 1985 dejó sus lecciones: vivimos un terremoto. Y mi padre, antes de pasar a retirarse, nos dijo: "Sólo hay una vida, hija. No esperen a hacer lo que quieren, después". A él no le dio tiempo de realizar sus sueños. El mañana ya es. Ahorita.

Pero no todo es ganar. En mi nueva soltería, me tocaba hacerme responsable de mis gastos; mis hijas sintieron mucho la diferencia con las mamás de sus amigas, entregadas a la vida familiar, como tú hiciste y todas las mujeres nuestras. Tampoco debe ser fácil ser hijas, hijo, de una escritora que amplió su horizonte y que corría de una pista a la otra para hacerla bien en todos lados y no renunciar a mis sueños, a mis fantasías…, cuidando todos los frentes. Pero las "buenas muchachas" que vivían en la mojigatería también perdieron algo.

Puedes verlo, madre. No repetí los caminos de mis amadas ancestras y ancestros. No, no lo hice.

Kazantzakis, un griego, escribió en su autobiografía *Carta al Greco*: "Abuelo amado: Aquí está mi confesión". Yo también, querida madre. Esta carta quiere ser algo parecido. Quise platicarte las razones que me llevaron a abrir mi horizonte para no reprocharme el no haber hecho, en el corto tiempo de vida que me toca, lo que quería.

Y, como dice Kazantzakis, beso tu mano derecha, beso tu mano izquierda, madre. Mi informe estará terminado pronto.

Te ama tu hija, y te agradece que la hayas traído al mundo y le hayas enseñado, con las herramientas que tenías, a caminar la vida.

Oshinica Matarasso
En deuda eterna contigo
7 de agosto de 2017

XXVI

2012

Abuela, te juzgué con ojos de mujer nacida en México. Siempre me burlé de tu miedo incurable a los enojos del abuelo. Nunca me puse en tus zapatos, no fui capaz de entender que dejaste todo en aquella tierra oriental de donde venían, que sin "la idioma" no podías hacer vínculos. Te quedabas con Chelita, mi tía, tu hija siempre pequeñita, y escuchabas hablar a tu marido con permanente nostalgia de Yerushalaim, de lo que dejaron, escuchando sus discos de 33 revoluciones, de música extraña para mí, que en la niñez me parecían gemidos. Ahora esa música me encanta. La siento. A mí, que me volvían loca los mariachis, los corridos, y que ansiaba cantar con el falsete de Lucha Reyes y de la gran Lola Beltrán.

Mi abuelita, una mujer sin armas, sin dinero personal, sin un lugar a donde escapar. ¡Cómo diablos iba a salirle con un no a su hombre! Con razón mi papi repetía cual disco rayado: "Hija, donde manda capitán no gobierna marinero". Y él, no sólo mi abuela, era marinero, otro subordinado. "Mijita, no grites; mijita, no hables; mijita, no vayas a cambiar el canal a la tele, porque cuando baje tu *agüelo*, se *estruye* el mundo."

Ay, abuelita, no puedo dejar de imaginar a tus dos hijos, de niños, aterrados, mirando a su padre como si fuera un gigante y ellos enanitos.

XXVII

2012

Toco la puerta de la piedra
—Soy yo, déjame entrar.
Quiero meterme en ti,
mirar alrededor,
tomarte como aliento.
—Vete —dice la piedra.
Estoy herméticamente cerrada.
[...]
Toco la puerta de la piedra.
—Soy yo, déjame entrar.
[...]
—No tengo puerta —dice la piedra.

WISLAWA SZYMBORSKA,
"Conversación con la piedra"

¿Por qué no puedo dejar a todos en paz y que se desen-
vuelvan donde sea, como sea y con quien sea, y además ta-
piar sus puertas?, me pregunto metida en las cobijas, antes

de decidirme a enviarles, a todos los que amo, el poema de Wislawa.

Podría dejarlos en paz... pero me duele ver, a las piedras que amo, cerradas.

Pero ¿acaso yo no lo soy?

Mi vida consciente... ¿cuándo empezó?, ¿a los cuarenta? Sin haber tenido ni la más leve sospecha de que sólo era amorosa con los niños, de repente me identifiqué con un bloque de hielo. Yo también seguí al pie de la letra el mandato social vigente: dar la impresión de ser invulnerable. Desesperada, empecé a buscar la forma de descongelarme. Yo también me había convertido en piedra por miedo a sentir el dolor, la soledad, el desamor, el temor al abandono. Pero con esa receta tampoco había manera de sentir y recibir el amor. Precio alto, como vender el alma al diablo.

Empecé a buscar la manera de perderle el miedo a la vida y atreverme a sentir el frío y también el calor. A quitarme el impermeable para irme derritiendo igual que esas velas que se escurren convertidas en lágrimas. Cayó tanta cera que me creí a salvo de la *hielez;* fuera del Frigidaire. Por fin podía ofrecer algo más valioso que el dinero: la sensibilidad. Si se pierde eso, se pierde todo, o casi todo.

XXVIII

El dictado ha sido recibido. Oshinica, ya sabes para qué fuiste despertada por una llamada anónima, hoy, cuando todavía el sol no asomaba a tu ventana. Con los ojos bien apretados te quedaste en la cama y saliste de las tinieblas y nunca más te dejarás asfixiar por ningún impermeable viviente.

Estás viva, en la superficie de la Tierra. Sientes el frío, el calor, el peso de tu gatita en el abdomen. Por hoy, agradecida, recibes más y más lecciones de tu pequeña tigra, que no miente, que te enseña que sentir y mostrar placer es lo natural. La acaricias y cierra gozosa los ojitos. Recorres lentamente su pelaje. La disfrutas, te agrada la suavidad de su pelo. Sientes. Sentir es vivir.

Sientes. Estás viva. Agradecida de no ser tan débil como para seguir usando impermeable permanentemente.

Respiras. Respiras len-ta-men-te y sueltas el aire.

Respiras. Estás viva. Eres vulnerable, tienes, como todo ser vivo un cuerpo que enferma, que un día se hará viejo. Gastado.

XXIX

DICIEMBRE/2012

Todo tiene un tiempo, todo se transforma. Lo veíamos claramente cada amanecer en Tenancingo, en un taller de meditación de fin de año, con el tema "Impermanencia", cuando nos quedábamos quietos, observando el recorrido del día desde su nacimiento hasta el ocaso. Al observar detenidamente esos cambios, entendemos que no es posible enojarnos a la hora en que alguien, tan importante como una madre, un padre..., termina su estancia en la Tierra. Sucederá; vivimos con esa amenaza.

Cambia todo, cambian las relaciones; las amistades, todas, se transforman.

En la película que vi la noche anterior al retiro en Tenancingo, *Una aventura extraordinaria*, basada en la novela *La vida de Pi*, esto se ve con toda naturalidad, claramente. Todo pasa, nada se congela, no es posible detener a nadie, tampoco y mucho menos a un tigre. Richard Parker, el tigre personaje, se mete en la selva sin mirar siquiera a Pi, con quien vivió en la lancha en la que sobrevivieron al naufragio no sé cuántos días... "No me miró, no se despidió; me dejó —se quejó Pi—, se fue de forma tan poco ceremoniosa. Hay que concluir las cosas debidamente; sólo entonces puedes soltarlas. Si no, te quedas con palabras que deberías haber dicho y no dijiste. El corazón se llena de remordimiento. Ese adiós malogrado me sigue doliendo hasta el día de hoy", dice el autor del libro en que está basado el filme.

El tema no me suelta. La escena del tigre internándose en la selva, en su hábitat, me duele. Voy dándome cuenta de que no tengo la sabiduría para aceptar que los seres a quienes amo se alejen de mí porque sus caminos son distintos al mío y, no pocas veces, opuestos. Para mí, la lealtad a hijos, hermanos, padres, amigos, consistía, entre otras cosas, en ser siempre la misma. "No cambies", escribió cada uno de mis compañeros de la secundaria en mi cuaderno de autógrafos. Qué mal que cambié —me reproché en algún momento—, por eso terminó mi matrimonio; no debí haber empezado a estudiar: eso me abrió el pensamiento, el mundo. "Cambiaste mucho; eras tan linda, tan risueña y alegre." Cambiamos. El *cambiaste* como reproche. ¿Pero cómo diablos no sabía que cambiar es ley de vida? Lo comprueba, ni más ni menos, nuestro cuerpo. Nacemos como nacemos y día a día suceden cambios imperceptibles en nuestro cuerpo, que se va transformando hasta la adultez, y luego empieza a envejecer, a empequeñecerse, hasta salir de escena.

Cambiar interiormente es indispensable para no estancarnos. El aprendizaje, nuestras propias vivencias de todas las etapas de la vida, nos van modificando, nos vamos haciendo más sabios; pero no es suficiente. Ser mejores seres humanos es la meta.

Las relaciones, todas, cambian, van cambiando, y eso tan claro y sencillo apenas lo voy entendiendo. Hay que ver cómo seguir juntos, cambiando. Cómo seguirnos amando, aceptando que no sabemos cuáles serán los cambios de él/ella, pero, de que van a existir, a fuerzas. ¿Cómo seguir amando a ese adulto lejano que ya no es el niño con quien jugué, competí y del que me defendí con todas las llaves de lucha libre que dominaba? ¡Cómo amarlo desde la que soy y desde el que es ahora?

Si no conociera el sentido del término *impermanencia,* seguiría terca pensando que nuestra relación de pequeños iba a permanecer igual toda la vida. "Ustedes, hijos, se tienen que cuidar y querer siempre; son hermanos." Ay, mi papito, que tanto deseó un hermano... Lo que no sabía era que no sólo los seres vivientes estamos sometidos a la ley de la impermanencia, sino que las relaciones también se transforman como todo en este "singular universo". ¡Oh, Dios! ¿Cómo no iba a ser, si Shamuel y Sarica, *muestros* padres, que se casaron, ella de quince, él de veintiuno, se convirtieron en tan opuestos y cada uno mandó un mensaje contrario a sus hijos? Él, amigo de los pobres; ella, ansiosa de casar a su descendencia con las "mejores familias" del mundo nuestro.

XXX

31/DICIEMBRE/2012

No pudo llegar más tranquila al cementerio ese último día del año, después de haber pasado cinco días contemplando los volcanes en el retiro de meditación sobre la impermanencia, donde les dejó al Izta y al Popo, que veía cada amanecer en su ventana, si no todos sus demonios, sí bastantes.

Cuando Lalo vio entrar a Oge, la madre de sus hijos, sonrió. Le dio gusto que, a pesar de los treinta años que llevaban separados, se presentara, tomada de la mano de Jacobo, a dar el pésame por la muerte de su hermana. Los hijos de la difunta se acercaron a besar a Ogenia y regresaron a la oración. Un rabino, sombrero negro de ala ancha, acompañado de un directivo de la comunidad, contoneándose, oraba con el Libro en la mano, para que el alma de Tere partiera en paz. Después, en español, dirigiéndose a los deudos, habló de la importancia de una madre, del dolor y el tremendo vacío que la muerte provoca en su descendencia. A Ogenia le pareció extraño que el rabino nunca nombrara a Teresa por su nombre, sino Miriam Lea.

¿Miriam Lea? Esos nombres no tienen nada que ver con Tere; hasta sus hijas mostraban extrañeza, no reconocían a su madre como Miriam Lea. Oshinica pensó: "Deben ser los nombres que le corresponden en hebreo". El rabino siguió repitiéndolos, agregando *bat* (hija, en hebreo), pero no mencionaba después el nombre de mi exsuegra, Estrella, la madre, como se acostumbra. El hombre que hacía el rezo decía a continuación del "supuesto" nombre de la difunta: "*bat* Vitali", el nombre del padre, excluyendo a la madre que la parió, la exsuegra de Oge, que con su megamaternidad ensombreció la de Oshi. Nunca llegó a igualarla. Nunca quiso.

Desde 1985, año en que falleció su padre, Oshi ha escuchado que el rabino de la comunidad sefaradí, en cada aniversario de su muerte, dice: "Shamuel Matarasso *ben*-Luna". *Ben*, hijo de Luna, nombre de su madre, de la abuelita que toda su vida cuidó que no se enojara su marido, quien vivió enojado. Para Oshinica, ver un árbol de eucalipto es encontrar a su padre, y siempre, mientras aspira ese olor, lo llama en voz alta, y por si anda por ahí otro espíritu con el nombre Shamuel, agrega, para ser más precisa: "*ben* Luna" (hijo de Luna). Sólo así se siente escuchada y piensa que su padre queda satisfecho, corroborando que, en sus hijos, sigue viviendo.

No fueron pocas las veces que Ogenia preguntó a los rabinos por qué excluían al padre en el rezo de muertos, y ellos respondían: "De la maternidad de la mujer nadie duda; sin embargo, en la paternidad no hay seguridad. Por eso, si la madre es judía, los hijos lo son".

Cuando terminaron los rezos previos al entierro, el rabino se cruzó con Ogenia, que aprovechó para decirle amablemente:

—No es *bat* Vitali, es *bat* Estrella. Así se llamaba la madre de la difunta.

—¡No!

—¡Cómo que no! ¿Acaso él la parió?

La gente siguió al cortejo hasta la fosa. Oshi rompió su costumbre de quedarse hasta atrás y se paró entre la tierra recién removida para ver de frente al rabino. En un trozo de madera estaban los datos de la fallecida: el nombre Miriam Lea, seguido del apellido de su marido ya difunto. Nada más. El rabino continuó rezando; cuando llegó el momento de volver a nombrar a Tere, con una necedad bastante sospechosa, repitió: "*bat* Vitali".

—¡*Bat* Estrella! —reclamó Oshinica.

—¡*Bat* Vitali! —afirmó el que rezaba.

Se escuchó por ahí una voz de mujer, una más y otra más, que decían: "*bat* Estrella". Apoyando.

El rabino, azorado y nervioso, muy ágil se movió de lugar para cambiar unas palabras con su acompañante. Enseguida dijo en español: "Si te ofendimos te pedimos perdón…". Agregó algo más que no se escuchó bien. Pero agradó a los asistentes.

Uno de los sobrinos de Eugenia se acercó y, señalando la tablilla con los datos de la difunta, susurró al oído de Oshi:

—Tía, ¿ya te fijaste que ni siquiera pusieron el apellido de soltera de mi tía Tere?

—¡Claro! Pero a mí lo que me importa en este momento es que la maternidad que ejercieron tu abuela Estrella, tu mamá y tu tía Tere no quede invisibilizada. Ellas se creyeron el mito de sacrificar todas las posibilidades de desarrollo personal en aras de ser madre, le apostaron todo a la maternidad y al final, mira, despojadas hasta del nombre con el que nacieron, ¡hazme el favor!

El rabino continuaba: cada vez que decía Miriam Lea, agregaba "*bat* Vitali"…

—¡*Bat* Estrella! —gritaba Oshi.

—*Lo!* —respondía fuera de sí el cantor.

—*Ken!* —afirmaba ella en hebreo.

El rabino volvió a poner primera y con prepotencia vociferó:

—¡En la comunidad askenazi así acostumbramos!

Rápido pasó por la cabeza de Ogenia la idea que tuvo siempre de que esa comunidad tiene un nivel cultural más alto que la sefaradí, pero sólo dijo:

—¿Qué? ¿Leyes distintas en cada comunidad? Pues pónganse de acuerdo.

Oshi no se había dado cuenta de que el cementerio donde estaban, cercano al hospital ABC Observatorio, era de la comunidad askenazi. Pero, en el que sea —pensó—, la madre no puede ser borrada de esa forma tan burda. Es una contradicción. Si el judaísmo lo da la madre, ¿cómo es posible que a la hora de la muerte no se honre a la que parió?

Ahora que Oge escribe, piensa: "Hubiera dicho que...". Pero, obvio, siempre hay cosas que una hubiera querido decir y no dice. Paty, hija de la difunta Tere, tan cercana a Oshinica y a Jacobo, besó a Oshi, susurrándole al oído: "Tía, ahora te quiero más". Seguido por otros hombres, se acercó el primogénito de la difunta. Ogenia, apenada, se apresuró a decir:

—Ya, mijo, ya no voy a decir nada más.

—Gracias, tía —respondió, y se fue, con su cauda de varones.

Oshinica se sintió como Richard Parker, el tigre de la peli. "¡Se me metió el tigre! —pensó, sorprendida de sí misma—. Estoy rugiendo como él rugió por hambre en medio del mar. Lo traigo dentro." Y se soltó caminando con fuerza entre las tumbas, iba y venía hasta topar con pared; necesitaba recuperar el estado de paz con el que regresó, apenas ayer, del retiro en el que durante cinco días se habló de la impermanencia. Un hecho irrebatible del vivir. No es posible congelar la vida. Y sí, Ogenia tampoco es ahora esa niña silenciada por las costumbres, que acató mandatos sin chistar. Afortunadamente no sólo cambió en el exterior, también en el interior. Ya no es sumisa.

—Aquí estoy, señor rabino, aquí estamos, y mi cuñada es Teresa Matalón *bat* Estrella y también *bat* Vitali, claro que sí —dijo en voz baja Oge, tomada de la mano de Jacobo y Paty.

Lo que usted afirma no es "ley de Moshé", diría mi padre. Nada es permanente; tampoco el silencio al que nos sometieron. Me adueñé del lenguaje. Hablo, comunico lo que siento, lo que me ofende y más. Sí, doy voz a otras mujeres silenciadas. Hablo por ellas. Por mí también.

Sabe que, con todo y la tristeza que embarga al padre de sus hijos, está satisfecho de que su ex haya hablado por su madre y su hermana preferida. Perdón, Tere. Yo venía llena de paz a despedirte; fuiste una cuñada cariñosa y dulce, nunca imaginé armar un relajo. No pude limitarme a disimular y cuchichear mi enojo de tantas décadas.

Sé que estás presente y... que te alegró escucharme.

XXXI

2014

Treinta años después, el sentido de la vida de las personas a mi alrededor siguen siendo los hijos, los nietos. La abuelez.

Ayer en el club volvió a detenerme una prima de Lalo que conocí cuando, allá en la prehistoria, andaba de novia presentándome con la que sería mi familia política. Esa niña entonces tenía quince y estaba por casarse con su tío, un hombre que le llevaba un bonche de años. Jamás los olvidé: ella tan linda, con sus ojitos azules muy, muy claros, cómo se iba a casar con él. Así lo vi yo antes de cumplir dieciocho.

Volvió a detenerme para preguntarme lo mismo que hace un año: "¿Verdad que tú escribiste de mí en *Novia que te vea*?". En aquella ocasión me sentí culpable. Ayer me sentí acorralada, y apenada contesté que sí, y antes de que me escapara se apresuró a repetir su pedido:

—Escribe, mi vida, —y agregó—: Tengo... —no recuerdo cuántos hijos; lo que sí alcancé a escuchar, clarito, es que tenía 18 bisnietos.

—Cuesta mucho trabajo hacer una novela —respondí muy amable a esos ojos que se clavaban en los míos.

Afortunadamente alguien se la llevó; iban a una clase de gimnasia cerebral. "¡18 bisnietos, caray! 18 bisnietos...", me fui murmurando, y sigo murmurando mientras lo escribo en este papel. Por dondequiera, el sentido de la vida son los hijos. Y los que no quieren ser padres, ¿qué?

Clarita, mi hermana, sí ha hecho un camino alterno a la maternidad, aunque se vuelve loca por sus hijos y nietos. Igualmente, el sentido de la vida de Zelda, mi otra hermana, son los hijos. Todos mis hermanos/as son muy *famiyosos*. El sentido de la vida de mis hijas son sus hijos, también. Jessy, abuela de sus tres nietos, mis bisnietos. Todas hicieron de sus hijos reyes y reinas. El sentido de la vida de la mamá del doctor y escritor Irving D. Yalom, judío estadounidense, ese niño-rey que su mamá tuvo por hijo. Pero el doctor se sintió atrapado, atrapado en una red, como me he sentido yo a lo largo de mi vida consciente. "¡Mamá, vamos a despegarnos un poco, mamá!", imploraba Yalom, hasta en sueños, a esa madre que lo tenía en tal pedestal. Yo, como ella, creí que los éxitos de mi hermano, y luego de Jessy, serían míos. Cuando aquél se casó, trasladé mis ilusiones a mi primogénita. Sólo que esta *hishica*, Jessy, tuvo la fortaleza de no aceptar mi imposición. Hizo lo que quiso. Se apresuró a formar su hogar. Tomó un hombre con el perfil de su padre: magnífico proveedor.

Dice Yalom: "El discurso de mamá era abominable. El acertijo de mi niñez era: ¿cómo la soporta papá? Pero años después de su muerte seguía soñando que le preguntaba: '¿Qué tal estuve, mamá?'". Yo, como Yalom, le he preguntado "¿Qué tal estuve?" a mi familia, sobre todo a mi hermano. Busco su reconocimiento. Trae la escuela del abuelo. Mi madre, muy viejita muy viejita, pero sigue con su careta de fuerte bien puesta, esa fuerza para no mostrar nuestra vulnerabilidad: porque qué trabajo despojarnos de esa máscara. Ayer, Sarica, mi madre, fue al club a bañarse. Cuando el chofer la acercó a las escaleras en su silla de ruedas, pues recargada en su bastón entra sola a los casilleros, me acerqué y le dije, jugando: "Pórtate bien, mamita". Amenazante, levantó el bastón.

Transcribo este fragmento de *Mi mamá y su sentido de la vida,* que escribe Yalom diez años después de muerta su madre: "Debo expulsarla de mi mente varias veces al día. Aborrezco el que se haya instalado en los intersticios de mi mente de tal manera que no me es posible extirparla. Y, sobre todo, aborrezco que, hacia el fin de mi vida, a mis 60 años, me sienta obligado a preguntarle: ¿qué tal estuve, mamá?". Yo, como la mamá de Yalom, qué orgullosa me sentía de los éxitos de Moshón. Nunca pensé que yo también podía tenerlos. Yalom suplica a su madre: "Que cada uno tenga sus propios sueños, su propio propósito, no mis logros, ¡mis logros son míos!".

"¡Yo trabajé por ellos! —le grita ya muy vieja su madre—. ¡Son míos!" Y le suelta todo lo que ella hizo para que él fuera quien es ahora; ese discurso es tan elocuente, conmovedor, que deja pensando. Entonces, en el taller, entendimos todos a esta mujer, y a todas las mujeres. Por eso Irving Yalom, la mitad del texto, se muestra harto de su madre, no acaba de burlarse de ella, pero, en la segunda parte, le da voz. Y, caray, qué cambio.

¡Dios! Yo hice lo mismo que esa madre. Armar caballeros a los hombres para que salieran a conquistar el mundo, y yo estar al lado de ellos. Afortunadamente, al parecer ya dejé en paz a mis ídolos, me armé caballera yo misma. Y me ocupo de mis propios logros.

XXXII

… y les ruego que no tarden demasiado. No lamenten amargamente dentro de tres meses lo que dejaron de hacer hoy. Éste es el momento, para ser clara con los judíos de la diáspora y que se apresuraran a ayudar.

Golda Meir

Los colores de las fotos que con tan enorme placer tomé durante los veinte años que anduve mirando el país que me vio nacer son los mismos con los que mi mamá pintó el mundo que le tocó sentir, mirar, oler, cuando dejó Turquía a los trece años.

Sé, y requetelosé, que el cuerpo tiene fecha de caducidad; por eso me enterqué en ir a la mayor brevedad a tomar las fotos que deseaba a casa de mi madre, que ya tenía noventa y dos años, para dejar algo material que mostrara el color con el que creaba cobijitas para arropar a sus hijos, nietos, bisnietos, tataranietos, en fin, a toda su descendencia. El color la salvaba, la hacía sonreír; desenredaba y paladeaba gozosa sus madejas coloridas. Su disciplina casi militar, contra la que yo empecé a librar batallas poco antes de los treinta años, quizá desde aquella fiesta de cumpleaños en que Moshón me prestó la casa que iba a demoler para que los niños se dieran gusto de pintar lo que quisieran y escribir, si lo deseaban, groserías en las paredes. Ofrecí la libertad sin imaginar que sería imprescindible para la escritora en que me iba a convertir.

No hice comentarios previos sobre las imágenes que ansiaba obtener, y con todo y mis dudas decidí que existieran. ¿Tomarlas o no tomarlas? La vida es un tiempo, y ya. Era cosa de jugársela.

En cuanto cubrimos el piso con las cobijitas salidas de las manos de Sarica, la sala se transformó en una fiesta de color. Ese espacio luminoso, catorce días después de que a la madre de todos nosotros la absorbiera la tierra, desapareció. Esa hermosa casa dejó de existir.

Al parecer yo heredé de mi madre la fascinación de unir y combinar colores. Sarica, me queda esa alegría, disfrutó mucho ese domingo que mi hija y yo le extendimos el arco iris entre los muebles de su estancia. Eso lo escuché decir a más de tres que llegaron a darnos el pésame, a acompañar a su descendencia, durante los siete días de duelo que se acostumbra guardar entre los *yudiós*.

No cabe duda, hay un momento para hacer algo, y a veces es la única oportunidad. Qué maravilla tener la certeza de que si no se hace en ese momento ya no será nunca. Y se hace.

Y mi mamá fue muy feliz viendo sus creaciones en conjunto. Como si hubiéramos colgado su obra en una sala de exposición.

XXXIII

Lo que hoy creemos cierto,
quizá mañana no será.

Para Lupita Maldonado

10/OCTUBRE/2017

Un libro importante para mí es *Tejidos culturales. Las mujeres judías en México,* coordinado por Liz Hamui, Linda Hanomo y Natalia Gurvich. Todas doctoradas. Estas mujeres, hijas y nietas de la primera generación de migrantes, rescatan a sus abuelas, las recuerdan con la mirada benévola que yo no tuve para con las mías, ni para mi madre, que llegó de Turquía a los trece. Ni para mi suegra, damasquina.

Sí, tuvieron que pasar todos estos años para que germinaran las flores de aquellos campos, esas semillas que el viento trajo a este continente, sin pensar que flores distintas crecerían de esos brotes.

Las hijas y los hijos de familias llegadas de países orientales, como la mía, apenas abrieron un poco más los ojos,

111

emigraron cual parvadas de la colonia Roma a Polanco, y de ahí a Tecamachalco, Santa Fe y sus alrededores. Están en su país, toman su coche y llegan rapidito a estudiar a la Ibero. A estas alturas, ya todos los colegios judíos de México tienen preparatoria y las universidades están abiertas para ellos.

No fue mi caso. En 1954 terminé la secundaria en el Colegio Sefaradí, que todavía no tenía prepa. ¡Ah!, les tengo envidia, pero también admiración: pensaron este libro y lo hicieron; miraron a sus abuelas con ternura, les dolieron. A mí también me dolió el encierro de las mías, pero sólo pude rescatarme a mí misma.

Tal vez sin saberlo, las autoras de este ensayo tomaron la estafeta para avanzar un trecho más de lo que caminamos nosotras, la primera generación. Saben que el camino es largo, pedregoso y resbaladizo, pero que también tiene árboles, cascadas, arroyos, muchas mariposas que bebieron las mieles de la enorme variedad de flores.

Esos apellidos de origen árabe... apedrean y sonrojan mis vergonzosos prejuicios, que asimilé como algo normal y reproduje. ¿Soy tan terrible como el personaje nazi de Irving Yalom, que fue forzado a reconocer al filósofo Spinoza, a quien tanto admiraba, aun siendo judío? Con la parcial lectura que llevo de *Tejidos culturales...*, mis prejuicios atravesaron el tiempo y salieron a la luz.

El libro contiene varios ensayos acerca de mujeres judías de diferentes comunidades. Liz Hamui investigó sobre la primera generación de inmigrantes judíos, rescatando a las mujeres orientales, como mi abuela persa, y a las de Siria, Alepo, Damasco, como mi suegra y su tribu, a quienes menosprecié; las que gastaban sus tardes y su poco valorado tiempo de vida jugando a las cartas, mientras amamantaban al bebé en turno, hablando de los hijos, del precio de los jitomates, de las bodas, nacimientos, muertes y bar mitzvás, preguntando quiénes asistieron, qué ropa lucían y qué sirvieron. No sabían de libros, de cine de arte, de cultura. Mientras socializaban y reían, seguían las tradiciones sin mayores cuestionamientos.

Yo odiaba la idea de repetir sus vidas. No quise, no pude, sola, *solitica guaidimi*, pelear por tener una existencia menos limitada para las mujeres, y flui como ellas; ni de loca iba a nadar a contracorriente. Y me dejé llevar por la corriente los primeros quince años de matrimonio, hasta que empecé a pensar. Pensar, algo que creí peligroso. Sí, sí lo es. ¡Pero no pensar también! Y si no es ahora, ¿cuándo?, me pregunté, porque la vida se acaba pronto, lo mismo que el cuerpo. Además, imposible no pensar nunca. Reflexionamos, aunque sea a la hora de los guamazos, un accidente, una enfermedad de esas que te avisan que, como todos, eres mortal. Entonces sí nos preguntamos: ¿qué hice con mi capital, con el tiempo de vida que me dieron? ¿Será posible fluir, fluir y morir fluyendo? Pues sí, es posible. Miles nadan de muertito, rico, mirando el cielo, entretenidos con el movimiento eterno de las nubes, pero de repente chocan con alguna roca y, ¡aguas!, la vejez, el fin, comoquiera que sea, cae como rayo, ¡pum! Y por fin se acepta que había que reflexionar sobre el tiempo. El acotado tiempo de toda vida, porque eso de "¡Vida, nada me debes! ¡Vida, estamos en paz!" es para unos cuantos. No todos podemos decirlo.

Como no quise pensar, no me pregunté nunca: ¿estoy viviendo o nada más dejo pasar el tiempo? ¿Sabía antes que no es lo mismo?

Un mes después.

Llego a la musicoterapia. Lupita inicia la sesión como siempre, con la música que elige con sumo cuidado y esmero. En cuanto nos ve extendidos/as en nuestra colchoneta, toca varias veces la campana de cuarzo y sus vibraciones recorren nuestro cuerpo. Después, con voz suave, muy lentamente dice: "Imagina un árbol enorme, poderoso, que exhibe sus raíces —afirma, refiriéndose al enorme ejemplar que tiene en su casa—. Enfoca tu atención en ellas. El árbol tiene toda esa voluntad de vivir que le ha permitido pasar por épocas de sequía y por días esplendorosos... Es su arraigo a la tierra, a la vida, lo que lo hace seguir de pie. Este árbol, que ha vivido cientos de años, depende de su conexión con la tierra, por eso sus raíces son cada vez más profundas. Algo quiere enseñarnos al exhibirlas, al mostrarlas.

"Tus raíces también son muy profundas. Pueden prolongarse más allá de esta tierra, de esta nación, quizá se remontan a otro país.

"Tú no has venido de la nada; has alcanzado esta vida que tienes con tu esfuerzo. Llevas en tu interior la experiencia de otros seres que te han precedido. Enfócate en tus abuelos, pero imagina primero a tus papás. Imagina a tu madre, necesitada de ser protegida, cuidada. Mírala vulnerable en su cuna, rodeada de tus abuelos maternos. ¿Qué situación tenían? ¿Qué habían vivido? ¿Qué historia traían atrás? ¿Tenían recursos? Haz lo mismo del lado de tu padre. Imagínalo recién nacido en su cuna, con sus padres alrededor. Contempla a tus abuelos. ¿Qué tanto interés tienes en conocer qué sucedió en su vida? Algunos pasaron guerras, revoluciones. Algunos valientes cruzaron océanos, continentes, para buscar una vida mejor. Algunos tuvieron grandes pérdidas. ¿Cómo fueron tus abuelos? ¿De qué manera su vida influyó o cambió el destino de tus padres? ¿Cuáles eran sus valores, sus carencias? Debes haber oído sus historias... ¿A qué se dedicaban?, ¿cuáles eran sus oficios? Tú no vienes de la nada, aunque a lo mejor no tuviste interés en lo que hacían, pero ahí están tus raíces. Muchas de tus creencias vienen de ellos; tu ideología, algunos de tus intereses han venido de ellos. Si tuviste abuelos con los que conviviste, tal vez puedes contemplar qué es lo que recibiste de cada uno. Si recibiste amor fue porque tenían amor en su vida; otros a lo mejor fueron exigentes, fríos, porque así fue su historia. No todos tuvieron vidas felices. Tú eres una nueva generación; necesitas valorar, honrar tus raíces, entenderlas, aprender. Y tomar lo bueno. El néctar.

"¿Cuál es el sentimiento que aparece? ¿Comprensión, al saber de dónde vienes? ¿Empatía, si te identificas con alguno de tus ancestros? No te has hecho a ti misma/o sola/o. Aquí está tu tronco. Eres lo que vas creando, pero también puedes reconocer que una parte de ellos está en ti. Y tú vas decidiendo cómo quieres vivir tu vida. Muchas vivencias te han hecho ser lo que eres ahora, pero no sin tus raíces. Son parte de ti aunque ahora tienes esta nueva vida. Tus padres, tus abuelos y bisabuelos tuvieron su tiempo, la vida que les tocó. Ahora tú tienes tu propia vida. En tus ramas está toda tu capacidad de abrirte, de dar, de contemplar que esta vida tuya vino a ofrecer algo. A dar algo.

"El verano te está invitando a abrir tus ramas, a dejar que florezca algo nuevo, algo fresco. Dar lo mejor de ti está en tus ramas y tus flores, son toda esa riqueza interior, todo el amor que eres capaz de expresar, toda la plenitud de quien eres. No te contraigas, no te escondas, no te limites; atrévete a ser plenamente tú misma/o el día de hoy. No vienes de la nada; has recibido muchos valores, creencias, ideologías, tendencias que han pasado de generación en generación. A lo mejor en tus raíces hay grandes aventureros, exploradores, gente compasiva, gente honrada, gente difícil que ha librado grandes batallas. Hay toda una historia y eres parte de ella, pero también eres dueño de tu propia vida. Agradece que eres el jardinero de tu jardín y que es a ti a quien le toca decidir qué quieres sembrar. La música sigue escuchándose por un buen rato:

"Ve preparándote para salir de tu meditación. No es casualidad que estés aquí, que hoy te haya tocado este tema: valorar tus raíces, reconocerlas. Ahora tienes la libertad de ir creando tu propio destino y alistarte para seguir adelante.

"Todo esto hay detrás de ti."

Cuando Lupita dice: "Ve preparándote para salir de tu meditación", regreso. No quiero volver. En cuanto abro los ojos, veo el paisaje del salón, recortado, como si trajera una burka. Veo lo que abarca: un óvalo. Nada más.

Soy mujer de burka.

Así me vi, así me sentí al terminar la meditación. Como si regresara de muy, muy lejos. Cuando abrí los ojos tenía la bufanda enrollada en la cabeza y la cobija con la que me tapé me cubría la boca. Sólo tenía destapados los ojos, y lo que veía frente a mí estaba acotado por una burka. ¿Burka? Me sorprendió mucho abarcar tanto con ella. Veía lo que veía a pesar de la burka. Veía todo. Era suficiente. Me alegré por las mujeres musulmanas.

Me despojé de la burka y el horizonte se abrió.

Ahora entiendo. Soy mujer de burka. Estoy segura. Retrocedí en el tiempo. La traigo puesta.

De pronto el pasado vuelve, como sucede cada día en nuestra vida cotidiana. Estoy otra vez en Estambul, la tierra de mi madre, quien llegó en plena adolescencia a este continente para formar una familia, y vivir y morir en este México que tanto amo. Tenía yo setenta y cuatro años cuando conocí ese hermoso país, que nunca imaginé tan bello. Una pareja joven subió al turibús que nos paseaba. La chica traía lentes con armazón color rosa encendido y burka. Increíble: la eternidad puede congelar un momento que jamás olvidaré. No bajé en las paradas para foto, no; preferí, desde mi asiento, observar a la alegre y ágil pareja. Estaba anonadada: siglo XXI, 2014, una joven con burka mira el espectáculo que se lleva a cabo en plena calle, en un templete: unas bastoneras con *shorts* cantan, bailan ritmos modernos. No tardó el grupo en regresar a sus respectivos lugares del turibús. La parejita se veía animada, feliz. Los lentes rosa mexicano de la chava, asomados en la burka, atraparon mi atención. Recordé con alegría el sueño en el que mi abuela Luna, nacida en Persia, subió tan feliz a mi coche y me pidió: "Llévame a tus cosas, *preciada*" y agregó: "Si yo hubiera tenido coche, también me divorcio". Debo escribir ese sueño maravilloso. Ahora lo sé: de seguro usó burka. Cierto. Todo eso hay atrás de mí. En mis raíces. Y mis ancestras, después de leer el ensayo que Liz desarrolló sobre la primera generación de mujeres de países orientales, me duelen.

Todo eso hay atrás de mí.

Octubre/2017

Llueve. Llueve diario. Huracanes. Inundaciones, temblores, terremotos. Mariaester, mi amiga, en Houston, se prepara; tapa sus ventanas antes de que llegue el huracán anunciado. La casa de Lupita y el Capi, en Querétaro, se inundó; la presa que tienen cerca se desbordó, y el agua, a una velocidad insospechada, anegó todo lo que tenía en su camino. Casi un metro de agua se metió hasta en los cajones, entre las páginas de los libros, los papeles, sobre su música: los tesoros de mis musicoterapeutas.

Y yo me acabo de descubrir mujer de burka. Mis raíces son esas mujeres orientales que llegaron a este continente con sus padres, sus hermanos o sus maridos, a hacer de América su nueva morada. Vinieron a echar raíces aquí, a aprender el español, a hacer suyos los tacos, las enchiladas que tanto festejábamos cuando allá, de vez en cuando, mi mamá dejaba de preparar sus comidas turcas para alegrarnos comprando masa con el propósito de confeccionar unos sopecitos caseros.

Esas mujeres que desprecié porque eran satélites de sus maridos, y luego de sus hijos, y que obedecen, como lo hacía yo todavía —no te hagas, Oshinica—, lo haces en automático. Cualquier orden que sale de voz masculina, y más si es hermosa como la de tu hijo, que además es tierna, la acatas. Sí, ese hijo mío no menosprecia a nadie. Es compasivo, y eso lo hace mejor ser humano, porque la compasión todo lo transforma. Te permite entender, imaginar por qué cada quien hace lo que hace. Él no sólo me escucha; entiende cuando le confieso que me siento maltratada en la sinagoga cuando me sientan hasta atrás: ciudadanas de segunda, por no decir más.

En la investigación, las autoras de *Tejidos culturales...* hablan de mujeres de origen oriental, de países árabes. Ellas expresan, con absoluta naturalidad, cosas que yo me muero de pánico sólo de pensar, y me pregunto qué pasaría si yo dijera lo mismo —y conste que el libro me llamó la atención por la palabra *tejido,* que me lleva a los incontables tejidos que mi mami hizo para su descendencia—. En mis novelas con trabajo lo estoy mostrando, pero la autora del ensayo lo menciona de forma muy docta, muy profesional: "Dentro del propio judaísmo la mujer es relegada —desde los inicios hasta el siglo xxi—, lo que da como resultado, para las escritoras judeo-mexicanas, una marginación genérica triplicada, lo cual se traduce en que éstas deben librar tres escarnios, ser mujer, ser escritora y ser judía".

Sí, la función de las mujeres era la reproducción y la maternidad. No eran protagonistas sino marginadas. Yo, como mujer sefaradita, jamás tuve acceso a "cosas de hombres"; mi papá se encerraba con mis hermanos varones, todos menores que yo, y si entraba a la recámara cuando ellos hablaban, me salía con un "¡perdón!". Cuando llegué a la familia de mi suegra, damasquina, la vida de las mujeres, en general, era para mí... ¡espantosa! Cocinaban, jugaban baraja, cocinaban, iban al mercado, cocinaban, iban al salón de belleza, siempre en la cocina, para preparar la cena para *sabbat,* para las fiestas, el bautizo, la boda, etcétera. Infinidad de festividades ocupan la vida. Relegadas al ambiente doméstico, no tenían otra cosa que hacer más que cuidar y proteger con exageración patológica, según yo, a sus hijos. Opté, no se me ocurrió nada mejor, por mantenerme a cierta distancia para intentar que mi vida fuera distinta.

Después de todo, mi novio, antes de casarnos, había aceptado que yo iba a estudiar.

XXXIV

Ahora lo veo de una manera distinta a
como lo veía mientras lo estaba viviendo.

DORIS LESSING

Un año, sólo un año y medio tuve para sentirme una joven soltera, no de mal ver. Abrí los ojos, miré alrededor y,
¡oh, sorpresa!, vislumbré que había un mundo muy amplio más allá de las paredes de mi casa.

El mundo se abrió y se volvió a cerrar como el obtura-
dor de mi cámara. Se abrió por varios lados: en las pláticas
con Andrés, mi novio de la adolescencia, planeábamos ir-
nos a cultivar la tierra de Israel, y en la carrera de periodismo en la UFM, primera universidad para mujeres, en mi
país. Así fue como atravesé los puentes que me revelaron
nuevos panoramas.

Luego de ese pequeño tiempo de soltería, llegó la hora
de cumplir con lo que se esperaba de mí: casarme: traer
hijos al mundo, hijos que vinieron a alumbrar, a acotar y
delimitar mi vida en un mundo de niños. Trataré de verme
en ese mundo desde un presente imaginario.

Tengo 20 años. Soy mamá feliz. Soy mi mamá divertida, la mía y la de mis hijos. Soy una mamá buena para mí. Organizo picnics en Chapultepec con hamacas y música. Llegamos en un dos por tres; en ese entonces el tráfico era cómodo. El bosque todavía no estaba enrejado. Desde el coche escogíamos dónde colgar la hamaca y ahí mismo, en sus caminos, nos estacionábamos.

Ésa era mi vida cuando de pronto mi prima Lety cumplió quince años y la guillotina cayó también sobre ella, y se acabó su soltería; y su vida se truncó para convertirse en una esposa linda de un hombre de mi edad.

Se tiene que cuadrar. No hay remedio; me enfurezco. Cuando la vi vestida de novia, ¿vi un destello de mi boda?, ¿por qué me dolió tanto, tanto, tanto?

Mientras esto sucedía, mi abuela, nuestra abuela Luna, limpiaba cada mañana el arroz que iba a cocinar ese día. La casa de mis abuelos: avenida México 197, a dos casas del flamante edificio Basurto. Una construcción porfiriana con jardín y fuente a la entrada y también al interior, una banca de retazos de platos rotos, una higuera que rodeaba la cocina y un antecomedor bastante grande con dos paredes de vitrales de vivos colores. Era un lujo ese espacio en el que mi abuela, gordita, de caminar lento, con toda la paciencia del mundo, como si el tiempo no fuera finito, como si la vida fuera eterna, con sus deditos gordos escogía el arroz. Lo que quedaba limpio lo separaba para que se cocinara a fuego lento, como se vivía en aquella casa. ¿Acaso era su meditación? Mi abuela se desconectaba de todo y se conectaba con ella, un mantra, un arroz, otro mantra, otro arroz: en aquella casa, donde no tenía ningún compromiso social, ninguna cita sin su marido, ninguna amiga (¡ni imaginarlo siquiera!) que fuera con ella a cualquier lado para sentarse a platicar. El único compromiso de mi abuelita consistía en tener la comida para cuando mi abuelo regresara de La Lagunilla, adonde decía que iba a trabajar, pero en realidad iba a recoger el dinero de la venta de la tienda de abrigos de pieles. Y mi padre se las ingeniaba, "lloviera o tronara", para hacer una venta, al menos, antes de que llegara mi abuelo. Una estola de conejo o de chinchilla fina; si no, como decía mi abuela Luna, "se *estruía* el mundo".

Mi abuelita arrastraba, poco a poco, de una esquina a la otra, el arroz revisado meticulosamente y lo acomodaba al otro lado de la charola. Al terminar se lo entregaba a Ubaldina para que lo cocinara. ¡Ay, abuelita!, si supieras cómo lo lavo yo: echo un vaso de arroz en agua caliente, y todo lo que flota, por pura intuición, lo tiro y acabé de limpiarlo. Soy campeona de la velocidad, y puedo confesarlo a estas alturas de mi vida, 70 años: ya no me place esa manera de vivir. Quisiera aprender de la tortuga. Ser tortuga.

XXXV

Abuelita Luna: pariste a mi padre y después de 15 años te llegó mi hermosa tía Chelita. La que sería la madre de Lety. Lety Luna, porque lleva también tu nombre. Mi prima, la que con su precipitada boda me proyectó, como en un *flash back,* cómo había sido la mía, pues en aquella ocasión, al ser yo, la actriz principal, no pude detenerme a ver mi propia película.

Cuando te vi vestida de novia, prima querida, me vi casándome. ¿Cómo me había dejado cazar?, ¿cómo me había metido tan mansamente en mi jaula? y ¿cómo, decorándola, me distraje y no pensé en qué era eso de firmar un contrato matrimonial? Estaba entretenida, adornando con entusiasmo mi casa como lo hacía en mi infancia en las fiestas patrias: me encargaba de que el camión que nos tocaba en la escuela fuera el mejor ornamentado; eso me gustaba más que estudiar. Entre todos juntábamos dinero y comprábamos papel de China con los colores de nuestra bandera: verde, blanco y rojo. Comprábamos faroles, rehiletes y todo lo que vendían para celebrar nuestra Independencia. Ahí aprendí el arte de hacer engrudo: harina con agua que luego se hierve. Recortábamos tiritas de papel de China y metíamos una roja, una blanca y una verde, y colgábamos las cadenas a lo largo y ancho del camión de la escuela. Cada grupo se organizaba para arreglar el suyo. Otra competencia. Todo era y es competencia, como las Olimpiadas de Río en Brasil, que estamos viendo ahora día y noche por la tele. Era muy emocionante decidir cuál camión quedaba mejor. Yo sigo en competencia secreta, no me puedo quitar la manía de competir, todavía.

Desde la primaria en el Colegio Sefaradí, había mucha diferencia entre la comunidad árabe y la nuestra. Éramos la primera generación nacida en México. Distinto idioma, distinta la comida, distintos hasta físicamente. Los orientales eran más morenos. Les oía decir que venían de Damasco, Alepo, Siria. Las costumbres que traían de sus países de origen eran otras. A las niñas de la comunidad árabe las casaban apenas cumplían los 15 años. Esa edad se convirtió en algo amenazante; me daba pánico crecer. Salía una de la niñez directo al matrimonio. Con los varones era otra cosa, pero equivalente: les gustara o no, los metían al negocio de la familia. También se casaban pronto. Yo me consolaba porque mi mamá era turca. No quería que nadie me confundiera con una árabe, pues me sacarían de la escuela, como a Ivonne, la niña más bonita de nuestro salón, que cuando terminó la secundaria, a los quince, ya la estaba esperando un marido bien rico. Como si se la hubiera tragado la tierra, no volvimos a saber de ella. "Yo no soy bonita ni lo quiero ser, porque las bonitas se echan a perder…", cantábamos cuando jugábamos "Amoató matarilerilerón". ¿Se echan a perder? o ¿las casan más rápido? *El tigre acechaba*. ¡Booda, booda!

Y apareció "un hombre hecho y derecho, un buen muchacho, serio, que se haría responsable de mí". Pidió mi mano; no solicitaba dote y podía mantenerme: concedida esa mano mía, no podía entregársela sin entregármele toda yo. Bien hubiera sido darle la mano solamente.

Había que casar a la tía Chelita. El abuelo estaba preparado: ella sí tenía dote. ¿En qué consistía ésta? Después de dos, tres pretendientes, se casó con el que sería el papá de mi prima Lety Luna, de origen damasquino. Mi tía se plegó a los lineamientos de la familia de su marido y vivió en Obediencia Plena. Como su madre, mi abuela.

El espécimen raro, el arroz negro de la charola plateada redonda de mi abuela, resultó ser mi madre. Una turca voluntariosa que estaba cumpliendo quince años, y de quien su padre, recién viudo, seguramente no podía ocuparse. ¿Cómo cuidarla y meterla en cintura? Esa turca voluntariosa no quiso obedecer a su suegro, mi abuelo, dueño y señor de su único hijo varón, mi papá. Muy insumisa. Pero ¿qué tanto podía haber hecho sola si su familia vivía en Guadalajara? ¿Qué hizo con esa tremenda fuerza? ¿Adónde la llevó?

Pobre de mi madre, llegó a refugiarse de su orfandad en la familia de mi padre. ¿Acaso se consideraba a la mujer como incubadora que sólo daba nietos para su suegro? Pero habría que asegurar su descendencia en esta tierra mexicana tan extraña, lejana, sorprendente.

Mi tía Chelita, "¡Señor del Mundo!", tuvo en primer lugar una niña. ¡Qué horror!

Así estaba el panorama en la vida de mi familia paterna, y en el mundo estallaba la Segunda Guerra Mundial. Ya existían, ahora lo sé, mujeres con vidas más amables, de padres con estudios, que también querían para sus hijas un desarrollo personal. Entre ellas, Elenita Poniatowska, cuyo camino y el mío estaban destinados a cruzarse.

¡¡¿¿Una niña??!!

Así te recibió tu mundo, Lety Luna, tu familia.

Mi abuelo comentó: "Pobrecita de mi hija Chelita, nadie de la familia del marido la fue a ver al hospital porque tuvo una niña". Estaba enojado. Triste; hasta lloró. "Ni siquiera la fue a ver el marido", dijo mientras se le escurría una lágrima.

Las mujeres éramos de menor precio, depreciadas, como la mercancía que se compra a bajo costo, que a los comerciantes se les queda y la cual tienen que vender al precio que sea. ¡Saldos!

Todo este recorrido para reconocer que, si no me hubiera casado pronto, me habría convertido en saldo. "Sí —me he dicho al comprar una prenda que me chulean y que luzco bastante bien, y que adquirí en una tienda de saldos—, es tan fácil que te consideren saldo." Sí, de veras me encontré, me reconocí a mí misma en una tienda de saldos. ¿Por qué no?, ¡claro que soy también un saldo! Nada más.

Mi hermano no lo fue. Tu hermano, prima Lety, ¡no-nonono, tampoco! Qué fiestonón y qué alegre estuvo tu papá, prima, cuando nació tu hermanito. Así debió ser la alegría de mi abuelo, el patriarca, como la de todos, cuando nació el hermano mío, el primer nieto varón. Otro hijo para mi abuelo; a ver si éste no le salía tan apegado a una mujer como mi papá, que quería tanto a mi abuela Luna, a su madre, quien le contaba todos los días lo que le había hecho su padre. "No lo hagas enojar, hijo, se *estruye* el mundo."

Tú y yo, prima, y todas las mujeres, teníamos que casarnos pronto para no convertirnos en mercancía que ya no se exhibe en el aparador. Los buenos partidos no compran saldos; van a una *boutique,* los atienden, les ofrecen café, dulces. ¡Guácala! ¡Cómo van a comprar mercancía que nadie quiso y que se fue deteriorando, ensuciando, colgada tanto tiempo!

Prima, ya entendí que, según las mentes mercantiles, si no nos casaban jovencitas, luego nos tenían que rematar como saldos. Todavía no florecíamos cuando nos vestimos de novias, como esas maravillosas flores de un día, como si no fuéramos frutos de un jugoso árbol que va a madurar, a dar su mejor fruto. Te comen verde aun cuando no has floreado ni madurado; cazadores voraces que degluten sin saborear, tragan de un bocado para llenar ese enorme vacío que jamás sacian. Se comen a las personas vivas, y se tiran a dormir con los estómagos llenos y, si no llegan a digerir el alimento, se pasan la noche vomitando.

XXXVI

Abre el camastro, lo extiende. Mira la ciudad: el cielo defeño no está tan contaminado, el Castillo de Chapultepec está visible aunque ni de relajo ve los volcanes como cuando era niño. Se desviste; se dispone a disfrutar de la mañana mientras el sol cae en su esbelto y joven cuerpo. Acomoda en una mesita la grabadora, el teléfono, un libro, una botella de agua. Después de hacer ejercicio se tiende boca arriba, abre el libro y encuentra entre sus páginas una foto de la boda de sus padres. Observa detenidamente a los novios y a los que los rodean. Ve la tristeza en el rostro de la novia. El novio mira triunfante a la cámara; se casó con ella, su futuro está enfilado en buen camino.

Cierra los ojos, enciende un cigarro, aprieta el botón de la grabadora y vuelve a la música, a la foto; sus ojos están húmedos. "Yo nací diez años después", piensa. Caen algunas gotas de lluvia. Se levanta, se pone una camiseta, arrastra el camastro hasta dejarlo bajo techo y abandona la azotea.

Oshi está en la computadora. El joven se mete a bañar. Al rato ya está trabajando en su escritorio, en su recámara, en ese mundo construido por él. La madre toca a su puerta. Él deja lo que tiene en la mano.

—¿Quieres fruta? Te traigo.

—No, mamá. ¿Qué me cuentas, adónde fuiste?

—Al bosque.

—¿Y qué tal?, ¿bien?

—Sí, rico. Estaba rico el sol. ¿Y tú?

—Madre, mira —dice, mostrándole la foto—. La había dejado olvidada en un libro hace mucho tiempo; ahora me impresionó. ¿Ya te fijaste en la cara de tristeza que tienes?

La madre mira a la joven que fue a los dieciocho.

—Sí, hijo, estaba triste; no creí que se me notara. Mi deseo no era casarme, y no precisamente por tu papá, simplemente no quería. Pero el temor a que… En esa época…, desde los 15… querían casarnos —después de un silencio, con voz quebrada y a punto de romper en llanto, la madre agrega—: Sí, estuve encerrada durante mi embarazo. ¿Sabes qué hacía? Tejer y ver la tele, imagínate. Telenovelas. Agradecía tanto a los que trabajaban en Televicentro que me entretuvieran. Tejí sesenta chambritas, seis colchas, y bordé ochenta pañales.

Silencio.

—¿Te conté alguna vez cómo me sentí cuando leí las galeras de mi novela? Creí que era un libro divertido porque quien lo lee se ríe mucho. Tenía poco más de dos años de haberlo terminado, no lo había vuelto a leer, cuando por fin el editor decidió publicarlo. Me lo entregó un viernes; para el lunes quería las galeras revisadas. Lo leí de un jalón y, ¿sabes qué?, cuando lo terminé lloré sentada en la mesa como media hora, y mira que nunca lloro sola. Entonces supe que había escrito un libro triste. ¿Sabes cuál fue la imagen que se me vino a la cabeza en ese momento? Yo, vestida de novia, crucificada; así me vi, con la cabeza caída. Esa imagen debió haber sido la portada del libro. Se te hace raro, pero yo estudié en colegio de monjas.

Se abrazan. Abrazo largo, largo. Cuando éste se deshace, con los ojos húmedos y tiernos, mirando la foto, Jacobo murmura:

—Voy a colgarla —quita la tachuela a una fotografía de una flor de loto—. Ésta puede esperar —dice mientras coloca la de aquel domingo de enero de hace cuarenta años, diez años antes de que aquel *hisho* tan esperado les naciera para encargarse de decir el *Kadish*, la oración de los muertos, cuando sus padres dejen este mundo.

Se vuelven a abrazar.

La madre sale del cuarto. "Ese día me perdí —se dice— en un destino idéntico al de las mujeres de mi entorno. Sonrientes o furiosas, eso sí, a escoger."

XXXVII

2000

En un retiro frente al Popocatépetl, Nacho, un partici-
pante del grupo, cual volcán en erupción, arrojó sobre mí
un misil de fuego que fulminó de cuajo una creencia, una
certeza más bien, de esas que uno cree inmutables. Yo hi-
peaba, lloraba porque mi padre había fallecido tres meses
antes.

—Era muy, muy bueno —repetía con lágrimas en los
ojos—, el mejor hijo, el mejor padre; lo que no fue es tan
buen esposo...

—¡No, tu padre no fue bueno! —vociferó Nacho.

Lo miré incrédula. Seguramente mi cara debió sufrir
varias transformaciones, porque sentí la mueca que se for-
mó del mismo fuego que a Nacho, como si un vómito, se
le hubiera escapado por la boca:

—¡Fue bueno con todos, pero no consigo mismo!

Han pasado 30 años del rugido del volcán, que lucía su arrogante esbeltez y belleza a todos los pueblos de su alrededor.

Mi padre. Lo vi con enorme dolor: mi padre, como yo, como tantos, como tantas, se había olvidado de sí mismo.

¿Por qué será tan común esto de extraviarse y olvidarse de uno/una mismo/a? ¿Temor a ser tachados de egoístas, como si no fuera saludable tener algo para defender lo importante de...?, ¿de qué?

Retiemblan. Retiemblan todavía en mí las palabras de Nacho y se las quisiera soltar a mis hijas, a muchas mujeres que con toda naturalidad entregan su patrimonio de vida; dan y dan a sus hijos, otros a sus pacientes, alumnos, jefes, pero ya no recuerdan que tenían sueños que realizar, que necesitan detenerse para pensar, para revisar si perdieron la ruta.

¿Es que no sabíamos que teníamos el deber de ser también buenos con nosotros mismos?

Creo que no.

Por eso me comprometo conmigo misma, antes de volver a extraviarme en los otros. Es tan fácil.

Yo sí escuché el descuido de mi padre.

Su vida, para que yo aprendiera. Por eso a esta edad, entretenida con una novela, me olvidé de preparar esa boda conmigo misma que iba a realizar hace cinco años, cuando fui a Oaxaca a la de la China, Pilar Muriedas. Voy a organizármela ya, antes de que se me vuelva a olvidar. Otra vez, por lo urgente, desatendemos lo importante. No hay tiempo. Sólo estamos aquí un ratito. Un chirris, dirían mis amigas.

Te invito a mi matrimonio civil conmigo misma,
en septiembre del presente año.

En la Fundación Elena Poniatowska Amor, A. C.,
a las 12:30 horas.

Av. José Martí 105, casi llegando
a Av. Revolución, Colonia Escandón,
Ciudad de México.

 *Te espero.*

Rosa Nissán Rovero
2018

Sugerencia:
Por favor absténganse de dejar en la mesa de regalos planchas, licua-
doras, batidoras, aspiradoras y demás objetos de ese tipo.
   Sin embargo, se agradecen enormemente y se aceptan padrinos(as)
y madrinas(os) de todo: anillos, vino, dulces mexicanos, refrescos, pastel de novia, meseros, bocadillos (quesadillas, sopecitos, etcétera). De
esas cosas que se requieren para una celebración para 200 personas.
Gracias de antemano.

XXXVIII

Lo verdaderamente inmoral es haber
desistido de una misma.

CLARICE LISPECTOR

Querida mamá:

Lo sé, mamita; repetiste, sin cuestionarte, la receta de
cómo te educaron, igual que tu madre. Yo me rebelé a
terminar mis días con alguien que me obligaba a ser, úni-
camente, la esposa que necesitaba. Tampoco estuve ansiosa ni preocupada por que se "casaran bien" mis hijas; no
las apresuré ni presioné para que "se pusieran abusadas".
Los hermanos tuvieron más oportunidades de preparar-
se, aunque su camino también iba dirigido a formar una
familia tradicional, a ser padres abnegados, pero además
proveedores, aunque no necesariamente buenos compañeros para sus esposas. Sus alas crecieron hasta donde
dieron.

No eres la única, madre, que, siendo mujer, privilegió
a sus varones. En ellos depositaste tus expectativas: nunca
pude conquistarte, madre. Sólo habiendo nacido varón.

Tuvieron que pasar varias décadas para reconciliarme con mi condición femenina y, cosa increíble, ahora estoy orgullosa de ella. Ser mujer ya no me limita. Admiro no sólo a mis amigas, sino a tantas mujeres que levantan el cuello como cisnes para mirarse a sí mismas. Hemos recorrido un camino espinoso, salvamos numerosos obstáculos que nos han convertido en seres humanos valerosos, interesantes. Quiero hacer, con las mujeres que me rodean, lo que otras han hecho por mí: apoyarme, reconocerme, ayudarme a crecer. No me callan como tantos hombres y como los miembros de mi familia, que, cuando intento decir algo, me arrebatan la palabra. ¿Qué podemos decir nosotras? Pero muchas mujeres me ayudan a expresarme; esperan a que termine; me han dado fuerzas para recuperar y reencontrar a aquella joven con ideales que fue arrastrada por el río indómito. ¡Soy ella otra vez! He renacido. Re-nata, creo que en alemán significa "renacida". Tu hija, mamá, la que se atrevió a inventarse, se rehusó a quedarse en el molde. No se traicionó como la mayoría. Aunque tal vez la mayoría no necesitó hacer la revolución que yo tuve que hacer para no ser invisible.

Tú eras y sigues siendo, madre, una mujer digna de respeto por tu coraje, por tu fuerza. En la casa eras poderosa; ahí, de vez en cuando, mi padre estallaba por las presiones que le caían de esos dos huracanes: ¡el abuelo y tú!, que rugían sobre él en sentido contrario. Y mi papi, impotente ante esas fuerzas que chocaban encima de él, acababa pateando muebles hasta que se serenaba. La ternura que sentía por su madre lo vencía, porque, sí, tuvo la "flaqueza" —según su padre— de querer y proteger a la mujer que lo trajo al mundo. Además, la ternura que sentía por nosotros, sus hijos e hijas, lo desarmaba. Y se sometía. Le bastaba ir todos los días al bosque y gritar en medio de los árboles —¿gritar o aullar?—: "¡Buenos días, árboles! ¡Buenos días, sol!". Eso lo calmaba, los árboles lo consolaban, el olor de los eucaliptos lo recorría y le inyectaba optimismo cada día.

A pesar de —o quizá por— ser hija de una mujer indómita y dominante como tú, fui niña sumisa; no en balde me crie paralelamente a mi tía Chelita, la hija de mi abuelo, tan odiado por ti, aunque al mismo tiempo le tenías pavor. Tu fortaleza, madre, me alentó a defender, antes de los cuarenta, las ansias de saber qué libros leer, de estar cerca de la cultura. Pude ver, al fin, que era un río extraviado que sin darse cuenta había desviado su cauce.

Sin embargo, según los usos y costumbres que veía a mi alrededor, era perfectamente normal que la mujer desapareciera en aras de una maternidad mal entendida. Nunca se les ocurrió que ser madre debe ser opción y realización, parte de la vida de una mujer. Pero cómo iba a llegar a esas conclusiones si no pensaba por mí misma. Ni me preguntaba qué quería. En aquellos entonces el matrimonio, en nuestra comunidad sefardí, no era un espacio para que la mujer se desarrollara.

¿Cómo vine a salir de ese encierro? Mi gusanito interior no estaba del todo muerto; era una larva que continuaba creciendo, esperando el momento de renacer. Se extravió porque se enamoró de sus hijos, pero llegó el momento: esa larva reclamó espacio para no morir de asfixia. Había llegado el momento de que la mariposa, recién salida de su larva, cantara su propia música.

Ahora soy una rosa inmensa como la de Magritte, que no cabe en un cuarto y amenaza con estallar; como las raíces del árbol que crecen debajo de la tierra, capaces de derrumbar una casa.

Mis hijas, queriendo responder a los ideales de su papá (como casi todas las hijas y como yo misma), continúan defendiendo a capa y espada una maternidad idealizada, como la de mi suegra. Acuérdate, por favor, del día de mi boda: se desmayó como cinco veces. Y cada vez que Lalo y yo bajábamos la escalera de su casa para salir a Acapulco, mi cuñada salía al balcón y le gritaba a su hermano: "¡Lalo! ¡Sube! Mi mamá se desmayó". Y el pobre marido mío, a sus 21 años, subía a toda velocidad a ver a su madre, una sucesora de Sara García y Prudencia Grifell, que gritaba: "¡Mi hijo, mi hijo más chiquito!". ¡Ay, Dios! Yo no entendía eso. Pero ya me salí de lo que te quiero decir, madre, que este tipo de maternidades, no. Porque no lo vas a negar, madre, Sarica preciosa, yo crie a tus nietas para que tuvieran horizontes más amplios que los que tú y yo tuvimos. Pero no he logrado mucho; tienen troquelado el esquema heredado. Por eso tu nieta menor dejó pendiente su vocación de bailarina, que ahora quiere retomar, espero que su "deber" le deje tiempo para realizar sus sueños personales. Ya lo sé, dirás: "Tú estás *atavanada*, *preciada*, no a todas las *musheres* les *inchan* los estudios". Mil veces me dijiste: "*Aide* Oshinica, *bushcate* un buen marido". No, mamita, yo necesito descubrir quién soy, qué quiero hacer con mi persona. A mí no me bastó la vida familiar. Sí, hay muchas mujeres que son felices con su vida familiar. Sin embargo, algunas acumulan infinidad de facturas por cobrar. Veo a las mujeres de tu generación y me duele que hayan renunciado a un desarrollo personal. Ellas son yo.

Dice Elfriede Jelinek, la Nobel austriaca de 2004, que "las madres terminan odiando a sus hijas, porque repiten su ciclo de amas de casa, y se pierden en el cuarto de los niños".

Afortunadamente, la joven que fui regresó del extravío de sí misma. Ahora soy adulta en plenitud, tengo viva la esencia de la joven que fui antes de que el río se la llevara.

¿Sabes, madre? El hecho de escribirte esta carta muestra que todavía tengo esperanzas de que valores a tus tres *hishicas*, que hemos hecho, cada una en su área, un gran esfuerzo por que te sientas orgullosa de nosotras también.

Discúlpame por haberte desilusionado al no recorrer hasta el final el camino que esperabas de mí. No seguí el tuyo, ni mis hijas el mío.

Inventamos, mal o bien, antes o después, uno propio. Te doy las gracias por haberme criado y cuidado, por todo lo que has hecho por mí, aunque me duela lo que dejaste de hacer por ser madre de tiempo completo. Valoro y te agradezco, madre, las noches que no dormiste cuando me rompí la pierna, cuando tuve tosferina, sarampión, y porque, con el ejemplo de tu fuerza, me enseñaste que también podía decir: ¡no quiero!

Madre, tengo 77 años, reconozco que soy fuerte (débil también, para algunas cosas), pero hoy hablo de la fortaleza que me heredaste. Si te hubiera tocado nacer un poquito después, quizá los 15 años que te llevo, tu crecimiento personal habría sido mucho mayor que el mío. Habrías sido jefa de un departamento en una empresa como... Televisa. ¡Por lo menos!

Gracias también por tantas rosquitas de *raquí* y platillos que siguen saliendo de tus *bendichas* manos. El tejido que siempre traías y llevabas a todos lados era tu herramienta expresiva: tejías pinturas, pintabas tejiendo tapices, alfombras, murales. Era, madre, tu espacio de creatividad, y no todo el mundo crea. Tu alma, ma, tiene necesidad de crear. Te agradezco por los infinitos vestidos que hiciste para mí, para mis hijos/as, para mis nietos/as; en ellos has mostrado tu cariño y, bueno, ahora lo sé, lo sabemos, no supiste expresarlo con palabras, no las tenías. No aprendimos a hablar de verdad. Y ésa es una enorme carencia. Pero ése es mi trabajo. Tuve que enfermar de gravedad para que la careta que te fabricaste y que se te pegó al rostro se ablandara. Hasta sentí que me entendiste cuando supiste que me fabriqué un disfraz de "mosca muerta" para vivir mi derecho a la libertad sin preocuparte. Con ese disfraz me divertí sin perder tu cariño. En mi enfermedad, sentí tu preocupación por mí. La sentí. Gracias.

Decidí no traicionarme. "Lo *verdaderamente* inmoral es haber desistido de una misma", dice no sé quién.

Deseo que algo de esta carta, que me tomó casi toda una vida escribir, toque tu corazón, puedas entenderme y quizá hasta te atrevas a sentir que estás orgullosa de mí.

Tu hija, que, a pesar
de las contradicciones, te ama
y no ha desistido de inventar,
como puede, su vida.

XXXIX

2005

Película *Fados*, de Carlos Saura.

En medio de música, baile, canciones, color, nostalgia —*saudades*—, entraban y salían de la pantalla cuerpos naturales y sensuales, niños y viejos; se habló del río que atraviesa la vida, como el Tajo atraviesa Portugal. Me impresionó una mujer, físicamente tan parecida a la que soy ahora, que creí que era yo misma. Sin sonreír, sin tratar de agradar, cantó:

Regresa, vida vivida, para que pueda volver a ver aquella vida vivida que nunca supe vivir. Qué no daría yo por volver a vivir aquellos tiempos perdidos. La primavera año con año retorna; lo único que no retorna es la juventud. El tiempo va pasando y nosotros nos engañamos ahora llorando, ahora riendo, ahora riendo, ahora llorando. ¡Dios mío, cómo pasa el tiempo!, decimos de vez en cuando; al final es el tiempo el que se queda y es la gente la que va pasando.

La mujer terminó seria como al inicio del filme, su rostro se desvaneció en la oscuridad. Nada nuevo: que se acaba pronto el tiempo, lo sabe cualquiera. La tristeza de esa mujer es también mi tristeza. Pasamos como esas jóvenes bailarinas, que estaban en primer plano de la película, a retirarnos poco a poco, bailando hacia el fondo del escenario, hasta desaparecer en la oscuridad.

Ya me tocará a mí, como le tocó a mi padre, salir del primer plano. Y retirarme. Sólo por un tiempo venimos a cantar, a bailar, a llorar. Un tiempo estamos en el mundo, y vamos yéndonos lentamente.

Hasta salir de escena.

XL

2018

Adorada tía Chelita. Nos llevamos once años. Fui la hermanita que nunca tuviste; me amaste y yo a ti. Todavía. Para siempre.

Creo que eres la única que no te has ido; ninguno de nuestros antepasados está aquí. Te veo en el club los domingos, acompañada de tu hijo. Sigues siendo la misma, eres congruente con la vida que has tenido.

"Así fue..., Oshinica."

Pues sí, querida tía, me alegra verte siempre que *te topo*. Me sorprende que físicamente seamos tan parecidas: la voz, la risa. Quisiera que mi risa no fuera tan la tuya, pero "así es", tía. Hasta tus hijos se sorprenden cuando platican conmigo. Siento que no me escuchan; azorados, me ven. Cómo no iba a ser, si venimos del mismo tronco. La voz, te confieso, tía Chelita, no me alegro de que mi tono de voz y mi risa, esa que escucho en ti, sean como los tuyos, y me haces gracia. ¡Siempre tan amorosa con todos!

Cuando veo mis fotos actuales y desde hace mucho tiempo, nunca sé si eres tú o yo.

XLI

Diciembre/2016

Renacemos en voz de las vivas para contar
nuestra historia.

¡Ay, abuela! Tú, que te fuiste hace más de 35 años, de pronto regresas de quién sabe dónde. Y no se te ocurrió nada mejor que meterte en mi sueño.

Pasaba en el auto, rodeando el Parque México, y llegué a avenida México 197, y como siempre, me detuve a ver la que fue tu casa y de mi abuelo por más de 45 años. Estaba disfrutándola, recién pintada, parecía nuevecita, cuando, ¡pácatelas!, apareciste. Venías del jardín trasero, con tus vestidos de siempre, tu abrigo pesado y la bolsa, de la que te agarrabas como tabla de salvación. Bastante más ágil que de costumbre, con toda la naturalidad del mundo y acomodándote en el asiento del chofer, te subiste al auto. Sorprendida, no tuve más remedio que pasarme al otro lado; apenas cerré la puerta, lo encendiste y aceleraste. Manejabas con gran seguridad y dignidad.

—¡Órale, abuela! ¿Qué onda? —te grité sin dar crédito a lo que veía.

—Ya me andaba por estar *contí*, y *agora* sí acompañarte a tus *menesteres*. Me *place* más ser *musher* en esta época —dijiste volteando para encontrar mis ojos de plato—. *Meldí* tus libros, y me *arrevivieron* —agregaste con una buena sonrisa.

—Las cosas han cambiado para las mujeres, *agüe* —dije contenta.

—Sí, lo tengo oído, *hisha*. *Amá* tu tía sigue viviendo como cuando estaba *chikitica* —y después de un rato añadió—: ¿Te *acódras* que mis *aventuras* eran ir con Uba a Sears y subir y *abashar* las escaleras eléctricas? Me *reyía muy mucho*.

—Cómo no me voy a acordar, Lunica preciosa; después supe que fueron las primeras escaleras de ese tipo en México.

—Pero, dime, ¿de qué corres tanto? *Estó soflamada*. Te he visto escribiendo; ¿de qué tanto apuro, *preciada*? *¿Cuálo estash escribiendo agora, janumica?*

—Tengo un par de cosas y una novela que no acaban de convencerme. Las siento pesadas —dije con tono de fastidio—. El contenido es denso; lo siento aburrido. Imagínate, ¡si a mí me aburre!... Le falta algo, humor, pero cómo meterle humor a la historia triste de nuestras mujeres, y... quiero terminar mi libro de cuentos, quiero ganar un concurso literario, ¡fíjate!, el premio es de un millón de pesos. ¿Te imaginas, agüe?

—Te lo vas a ganar. *Mos* lo vamos a ganar, *janúm*, y a ver *ande* me *invitash, hisha*. Anoche te *vide* bastante contenta mirando la *fotografiya* de unas *musheres* con sus *hishicos* en carriolas, estaban *arrabiadas. Desmazaladas.* ¿De *cuálo* les aventaban piedras, *hisha*? ¿*Atavanadas* estaban? Me *vo* a estacionar un rato aquí en el parque. No, *aide, meshor* no. *Vo* a pasar por Sears, me *escariñí.*

—Pasa por donde quieras, agüe, pero déjame decirte: ¡a esas mujeres las amo! Esa foto me hace llorar. Esas hermosísimas sufragistas se plantaron frente al parlamento en Inglaterra en 1869; exigían el voto y derechos para las mujeres. ¿Cómo no iban a estar furiosas? La ley les negaba todos los derechos, no podían poseer... ¡nada!... ¿Quieres conocer la historia de cómo comenzó esa lucha? Escribí un cuento con la intención de hacerles un homenaje y agradecerles. Sí, agüe, votar. ¡Que para qué? Espera, te contaré.

"En un inicio pensé en escribir una novela... Déjame terminar, luego te contaré todo lo que ganamos con la lucha. Ya no tenemos que obedecer al marido ni mantenernos calladas. Cómo no ibas a tener miedo a que se enojara el abuelo. Efectivamente, "se *estruye* el mundo", decías, ¡y claro que se *estruía*! ¿Te acuerdas que así decías, Lunica hermosa? Lo primero que tuve que hacer cuando me separé de Lalo, agüe, ¡y no me salgas con que te pone triste que me divorcié, por favor!, fue aprender a ganar dinero, porque antes, abuela, ni siquiera teníamos derecho a heredar y decidir en qué gastar el dinero. ¿Alguna vez tuviste una cuenta en el banco? Sin independencia económica tienes que obedecer y cerrar la boca. Tenemos que quererlas. Ellas hicieron todo esto para que tengamos un mundo mejor.

—¿Qué son estos gritos, Oshinica? *Estó soflamada* de *oyirte.*

—¡Agüe, agüe! A ver, entiéndeme. Necesito hablar, decir lo que siento y lo que no quiero. Y para eso necesito echar a la basura ese miedo tuyo al abuelo, sabrá Dios cuántos siglos atrás venimos cargando todo el silencio del planeta. Mira el trabajo que me has dejado. Está del nabo, diría mi hija Jessy.

—¿Del nabo? ¿*Cuálo* es eso? *Agora* hay *muy muncho* de *cuálo* hablar. *Amá, hisha*, no *quero queshas; ansina jue.* No pude hacer otra *coza. No me tomes la cabeza* con tanta patraña. *Meshor* enséñame tu mundo. En todos estos *añales* he aprendido observando las vidas de tantos; he vivido más *juerte suerte* estos *añorios* que los que estuve en la Tierra. *Quero meldar* todo lo que escribes *agora* —dijo, enfatizando el *agora*—; lo que ya escribiste lo conozco. Te seguí y te *cudié* en la India, *gozí*, y mucho me *espantí* en cada uno de tus *viashes.*

—¿De veras, abuela?

—¡Un lugar! *Desha*, me *vo* a estacionar. *Quero* sentarme un rato, a ver si topamos una banquita. ¡Mira aquélla! Si nadie llega antes, es para *mosotras.*

—Déjame correr a ganarla, agüe.

—Gracias, *preciada*, por traerme. Aquí venía con Uba cuando tu agüelo se iba al cajón. Quería decirte que disfruté tanto la última noche del siglo pasado o, si lo prefieres, la primera noche de este siglo xxi —dijiste, acomodándote en la banquita con una gran sonrisa—. Me senté al lado tuyo, y envidié a la *viesha* que platicó contigo y con tu amiga, sí, a *eia*, la *viesha* que llegó *solitica* al Zócalo...

—A mí también me llamó mucho la atención que esa mujer tan mayor hubiera estado sola en el Zócalo en una noche tan importante. Luego hablamos de eso, pero quiero platicarte que estoy en una especie de curso intensivo para aprender a hablar. No pongas cara de sorpresa; acuérdate del silencio que nos pedías en cuanto llegábamos a tu casa... No, abuela, no pongas cara de que no sabes de *cuálo* hablo. Necesito aprender a comunicarme de verdad; ya no quiero seguir desperdiciando las oportunidades de acercarme a la gente de otra manera. Fíjate, abuela, ahorita que no está en México mi vecina Mariaester, no sabes cómo la extraño; con ella practico. Nos reunimos para reflexionar, imagínate, sólo para eso.

—*Vo* entendiendo, *hishica*, que escapes de las *mudezes*, para que veas que sí he *meldado* tus libros, y entiendo que también escapes de los que hablan *muy mucho, amá* no dicen nada. ¿Sabes, *hisha*? Yo no conocí otra forma de estar con tu abuelo. *Amá* con tu papá, *mos* contábamos lo que hacíamos. *Contí* aprenderé a hablar de lo que *penso*, sin miedo, *preciada* de la abuela —dijo con ojos amorosos.

—¡Qué maravilla, Luna! ¡Me gusta, Levanah (suena lindo en hebreo), platicar contigo! Cada que veo la luna en el cielo, pienso en ti. Nadie me obliga a entrar en este camino de saber expresarme, pero es urgente. Toca romper ese silencio. Juntas descubriremos para qué regresaste; tomará tiempo, pero necesitamos entender a ésta que está dentro de nosotras, descifrar nuestros misterios y, si se puede, también de los que nos importan. Pero si no tenemos buena comunicación, agüe, imposible. Y para que lo sepas, a mí me importan primero las mujeres… pero también nuestros hombres.

—*Tenesh* razón, *janum, agora* vamos a hablar, hablar, hablar hasta por los codos.

—¡No, abuela!, tampoco; ya lo dijiste, ese modo de hablar es otro modo de mudez. Luna, Lunica hermosa, te digo, escribo para reconstruir nuestras vidas, las vidas de las mujeres nuestras, para sanarnos, y por eso te abrazo. No te asustes, abuela; me hice cariñosa. ¡Caray, Levanah!, ¿de qué estás tan dura? Abrázame tú también. Apriétame.

—Claro, *hisha*, que te abrazo. Te *quero* mucho, *preciada*. Siempre fuiste muy hermosa.

—¿Y cómo nunca nadie me lo dijo?

—¿Cómo nadie? A tu papá se le caía la baba contigo, *amá* no sé por *cuálo* no te lo *disho*.

Abuela, tu regreso, como eres ahora, cambió no sólo la trama del cuento "El olor del eucalipto", que escribí;

también tu historia y la mía. Me hace levantar el cuello con orgullo. Y tal vez, también, cambió las historias de otras mujeres de nuestra tribu. ¡Ya es otra la historia dolida de nuestras mujeres! Ya no hay sólo un destino para nosotras. Ya te contaré de tus nietas, de mis hermanas, porque de Lety ya sabes, es muy religiosa, usa peluca, faldas hasta abajo, aunque sigue viéndose muy guapa.

—Ya no somos invisibles, abuela. Pero, ¿sabes? Nuestros hombres también sufren con esta desigualdad. Sobre ellos hay una violencia quizá más fuerte, terrible. Viven contenidos y no pueden mostrarse naturales, vulnerables. ¡Pinche mandato! ¿Cómo puede pedírsele a un alacrán que no pique; a un perro, que no ladre; a un ser humano de carne y hueso, que haga algo en contra de su naturaleza? ¿Cómo se puede pedir algo tan estúpido como ser fuerte todo el tiempo? Sólo dándonos no una manita, sino una buena mano de impermeabilizante, blindarse para no sentir. Así sí se logra doblegar a un ser humano, como se lograba que los pies de las "niñas bien", en China, permanecieran, por "estética", pequeñitos. ¿Sabías de esa costumbre? Te lo platicaré otro día. Pero vamos por partes; estábamos con los hombres, ¿no? Bueno, tú misma dijiste que el abuelo no podía hablar de su madre; si le preguntaban por ella, subía a su cuarto y lloraba. ¡Cómo iba a hacer pública alguna flaqueza! Igual que esos cadetes jovencitos, que tanto me conmovieron en las dos ocasiones en que comí en su mesa, cuando fui jurado de un certamen literario. Rostros inmutables. No se les movía un pelo. Confieso haber hecho todo lo posible para que sus ojos se cruzaran con los míos, para sacarles una sonrisa. Fracasé.

—Ay, Oshinica, cómo eres...

—¿Te das cuenta, abuela, a qué gran dolor condenaron a nuestros hombres? Mi padre, al haber sido expulsado del mundo de los machos por la debilidad que mostró al quererte tanto y cuidarte, y haberse atrevido a ser tu cómplice; no fue de los que les puede caer una tromba encima sin que se les mueva una pestaña. Estatuas. Mi abuelo, al parecer, fue el Gran Obediente; reprodujo al dedillo lo que su padre le enseñó, lo que su padre aprendió del suyo, y lo que el suyo, del suyo. Ahora que he entendido lo que ellos han tenido que vivir, lloro. Me duelen y los amo más por eso.

"Tú, mi abuela Luna, eras el ser más... desempoderado de la familia; sí, agüe, sí, es *palabrica mueva*. Eras tan insignificante que yo tampoco te miré; yo quería ser mirada por los varones. Pero tu hijo te amaba. Él quería a los marginados, olvidados, por eso cuidaba de ti, indefensa como ellos. Mi hijo... A veces me pregunto, preocupada, mi amadísimo hijo, ¿qué historias pasadas vendrá cargando? Siempre al servicio de los más vulnerables que viven o llegan al Parque México a escucharlo. A consolarse. Llegan a donde son aceptados, acogidos como parte de una comunidad. Este hijo me ama, como a ti te amó mi papá.

"¿Te das cuenta, abuela, qué vueltas da la vida? Y ahora resulta que yo, una cucaracha, otra insignificante mujer de la familia, estoy consagrada al enorme placer de tender puentes de palabras con las y los otros y me dedico, tiempo completo, a tomar cursos intensivos para perder el miedo a hablar de verdad. Y soy escritora. Y mis hermanas son bárbaras también, ya las verás.

—Por eso vine a estar *contí, preciada* de la *agüela*, mi primera *inieta*. Llévame a conocer otras costumbres. Más de una vida me tomó entender que abrir *muestro* corazón es bueno. *Mosotros mos encerrimos en caza*; *acódrate, hisha*, que tu abuelo y *io* no sabíamos vivir de otro modo que lo que teníamos visto. *Me soflamí* cuando te *vide* derribando las fronteras que *mosotras alvantamos*. No *deshábamos* entrar ni a las *moshcas*. Te vi caminar, *preciada*, cruzar puentes... Amá, un día, vi uno, *hisha*, lo *atravesí*, y *te topé*. Se me *cayentó* el alma —dijo, tocándose el corazón— y quise estar *contí*. "El ser humano, sin otro ser humano, muere de hambre", *dishites* ayer en tu clase; te oí, Oshinica, *¿vedrá, preciada? ¿*Lo *dishites* para mí? Lo aprendí, me *plació* mucho, no lo olvidaré más.

—¡Te lo vuelvo a decir, abuela! Ahora que regresaste nueva, creo que la novela que era pesada como el aceite va a *pedrer* su *pesgadez*. Y quiero decirte que estoy orgullosa de que mi papito no participó en ese rito... de iniciación —se dice— para ser aceptado en el aristocrático grupo de varones. No mató su sensibilidad. El abuelo, sus antecesores, y también sus seguidores, recorrieron su existencia con sólo su parte fuerte. Endurecidos. Todavía veo la carita hermosa (porque era muy guapo) de mi hermano-niño Moshonico, cumpliendo (hasta ahora, a sus 76 años), respondiendo con el aplomo y el orgullo de un militar de alto rango, cuando el abuelo le preguntaba: "¿Cómo deben ser los hombres?". Y contestaba con voz sonora: "¡Las tres efes: feos, fuertes y formales!". Con esa complicidad que hasta ahora tenemos tú y yo. ¡Somos cómplices, agüela! Nos reforzamos unas a otras. ¡*Agora, mos* ayudamos!

La abuela llegó mejorada y con un ramo de mejorana en la mano, esas hojas de tan exquisito olor que colocaba en mi almohada. "Para la *golor.* Esta *golor, preciada,* te va a ayudar a *durmir* y *vash* a tener sueños placenteros."

—Vamos, *hisha, ¿cuálo* te pasa? ¿De qué *vos quedatesh* tanto tiempo *calladica*? No has dicho una palabra, quita esa cara de culo.

—Te ves joven manejando, abuela. Poderosa —murmuré con ojos de agua—. Bienvenida. Nunca imaginé que regresarías y tomarías el volante y, con él, tus derechos. Te contaré de esta *mañanica*. Iba a los Viveros de Coyoacán cuando se me antojó pasar por tu casa. ¿Me acompañas a los Viveros? Es lindo. Después del Bosque de Chapultepec, ir a los Viveros era el mejor paseo de tu hijo. Yo ahí lo *topo*, ¿ves? Ya me empiezan a venir *palabricas* en ladino, las *vo* olvidando.

Apenas entramos a los Viveros, aparecen los enormes árboles de eucalipto. Me abrazo, como siempre a uno de tallo muy retorcido y hablo con él: es mi padre. Le digo: "Le agradezco a tu madre que te enseñó a ser sensible. Eres un hombre completo, no *demediado*: con tu lado amoroso vivo. Y el masculino también. Un ser humano completo. Entero".

De abuela a abuela:

—Bueno, *janum*, vamos a *sentarmos* en esta banca un *ratico* de *coza*. *Déshame* que te *conte*. *Vos* no lo *sabesh*, *amá* tu agüelo estaba triste cuando *mos* avisaron que nació *muestra* primera *inieta*: "¡Ya *sosh* abuelos de una hermosa niña!", *mos disheron*. Yo le *dishe* a tu padre: "*Mazal bueno* que tenga esta *hishica* hermosa que *vos* llegó".

"Y así fue, *janumica*, muy buen *mazal* has tenido. Naciste con buena *estrea*.

—Ahora, abuela, tú eres la que me trajiste buen *mazal* a mí y a toda la tribu de mujeres de nuestra familia. Lo que no sucedió en el pasado, nos sucede ahora. Ya te contaré de mis nietas, pero también de mis nietos, abuela.

—¡Claro, *preciada*!, *cóntame* de *eyas*, quiero conocerlas. Háblales de tu abuela de hoy, que regresó a *dicirte* que está orgullosa de ti. Mucho *mazal* has tenido en tu vida. *Sos* abuela. *Agora* sí hablamos de abuela a abuela. Somos *vieshas* las dos, *preciada, amá* también *agora so* una *vies-ha* sabia, como tú. No, no digas más... Sí lo eres. Ya no queremos ser modestas ni *calladicas.* ¿*Vedrá?* Tú lo dices a cada rato, Oshinica.

—*Me viene un modo de tristeza* oírte hablar la *lingua* de mis antepasados; me *place muy muncho.* Yo no hablo *muy muncho* al estilo *muestro,* Luna. Con estos caminos *muevos que estó abrendo,* abuelita, que el *Dio* no me des-mienta, lo *estó pedriendo. Amá,* me *vo* sintiendo un poco *solica, solitica* sin *esta idioma.* Mi alma se está *escariñando* de *la idioma* de mi madre. En mi *chikez y* en mi *mance-bez,* tenía estas *palabricas adientro* de mí, y me daban *mil modos de alegría, amá* algo o mucho se gana abriendo las puertas de *muestras cazas.*

—Lo que se *piedre, preciada,* ¿*ande* se va?

Debo decirlo para que *vos* quede claro: el nombre verda-dero de mi abuela es Mazal. En México lo tradujeron al español como Fortuna; de hecho, yo, la primera nieta, debí llamarme como ella: Mazal. "*Mazal* bueno que ten-gas." ¡Buena suerte que tengas!, expresión que utilizamos cuando llega un nuevo ser al mundo, cuando una pareja contrae matrimonio: ¡*Mazal* bueno, Luna nueva, Luna siempre creciente!

La abuela, llena de curiosidad y ganas de vivir, regresó para acompañarme. Me tomó todo el tiempo de mi existencia comprenderla, y a ella, también le llevó muchas décadas comprender las ganas de su nieta de ampliar su mundo, vivir plenamente todas las etapas de su vida, y también su enorme amor por México. Porque Oshinica aquí nació, creció y morirá.

¡Y *estó* recuperando el ladino, *nona preciada!*, esto también es un regalo, y tu compañía. Y que me valores, me escuches, te sientas orgullosa de mí, y yo de ti.

¡*Buyrum,* abuela!

XLII

Cuando terminé mi primera novela, *Novia que te vea*, la eché a volar y le dije: "Caminos de leche y miel". Cuando publiqué *Hisho que te nazca*, igual. Lo mismo le digo a la tercera parte de esta trilogía: *Me viene un modo de tristeza*.

Y ahora, ¿cómo finalizar? ¿Finalizar? Nunca habrá un fin. ¿Qué sigue, qué seguirá?

VENTANA SOBRE LA LLEGADA

El hijo de Pilar y Daniel Weinberg fue bautizado en la costanera. Y en el bautismo le enseñaron lo sagrado. Recibió una caracola:

—*Para que aprendas a amar el agua.*

Abrieron la jaula de un pájaro preso:

—*Para que aprendas a amar el aire.*

Le dieron una flor de malvón:

—*Para que aprendas a amar la tierra.*

Y también le dieron una botella cerrada:

—*No la abras nunca, nunca. Para que aprendas a amar el misterio.*

EDUARDO GALEANO

El misterio…, el misterio… ¿Cuándo imaginé yo —que a mí nadie jamás me preguntó: "¿Qué quieres ser de grande?", como a mis hermanos varones— que iba a ser escritora? ¿Cuándo, cuándo?

He aprendido a amar el misterio.

CANTARES

[…]
Caminante, son tus huellas
el camino, y nada más;
caminante, no hay camino,
se hace camino al andar.
[…]
Hace algún tiempo en ese lugar
donde hoy los bosques se visten de espinos
se oyó la voz de un poeta gritar:
"Caminante, no hay camino,
se hace camino al andar…"

De repente, hacia mis 36-38 años, escuché a Joan Manuel Serrat cantar unos versos de Machado: "Caminante, no hay camino, se hace camino al andar". ¿Se hace camino? ¡Y yo sin saberlo! Entonces, ¿el camino no está hecho?

¿Podía irme por otro camino? ¿Y si llovía, tronaba o…? Seguramente habría de todo. Y lo hubo. Y seguí caminando y también buscando protección por si granizaba, mientras pasaba la tempestad.

Entiendo: el mundo era más cerrado. Las casas mostraban menos su vida interior. Misterios. Y las personas también. ¿O era sólo mi familia, mi entorno? O no sé qué diablos. Yo ansiaba averiguar qué sentían los otros, a qué le temían, qué los enojaba, cuáles eran sus costumbres al levantarse, si ponían la radio o la tele o qué sé yo; pero nadie decía sino cortesías que no dejaban ver nada más. El caso es que, cuando llegaron a mis manos los diarios de Anaïs Nin, se abrió el telón que escondía el mundo interior de una mujer abierta; me maravilló su libertad y supe, al leerlos, cómo era yo. Igual que ella, sólo que con boca cerrada. Yo necesitaba aprender a hablar.

Muchos años después, cuando la vida ya había dado muchas volteretas, y yo ya había vivido la experiencia de formar parte del taller literario de Elena Poniatowska, y ya me había enterado de que debía ser autosuficiente económicamente, me animé a impartir un taller literario para hacer autobiografía novelada. Tenía necesidad de conocer la vida interior de otros. Y así he tenido la alegría y la fortuna de trabajar en lugares espléndidos y otros lugares.

Y ahora voy llegando a mis 79...

Esto que empezó siendo necesidad de compartir se convirtió en un modo de vida apasionante.

Así comenzó este camino tan asombroso, como la terraza del Museo de San Carlos, como Petra en Jordania, como Venecia, como las pirámides de Teotihuacan, como el espectáculo del mar, de ver romper las olas en Pie de la Cuesta en Acapulco, Guerrero, y como tantas cosas naturales y grandiosas en esta vida de derribar fronteras y construir puentes. Así se hizo camino al andar. No había camino.

> Al andar se hace camino,
> y al volver la vista atrás
> se ve la senda que nunca
> se ha de volver a pisar.
> ¡Caminante, no hay camino,
> sino estelas en la mar!

No es verdad el *"ansí* es" de mi tía Chelita.

XLIII

Kol Nidré
19/SEPTIEMBRE/2018

Qué gusto encontrar a mi sobrina Paty en Erev Kipur en la sinagoga. La abrazo; a su lado veo a una jovencita que, cálida, me mira. Sonriendo, le pregunto:

—¿Quién eres?

—¡Ay, tía! Es Raquelita, mi hija —responde la mejor prima de mi hijo Jacobo.

—Pero... —digo, impresionada—. ¿Ya creció tanto? —Abrazo y beso a la linda jovencita—. Claro, mija —agrego—, supe que te fuiste de *ajshará*. ¿Y qué tal Israel? A ver, dame un beso, Raquelita. ¡Qué barbaridad!

El rezo está por empezar. Los rabinos y los cantores ya están listos, emocionados. Abren sus libros. Estamos en el templo Beth Itzjak de Polanco, en la planta alta, donde, como mujeres, nos corresponde. Desde ahí observamos a los hombres que llevan la oración del día más sagrado para el pueblo judío.

Me siento atrás de mi sobrina Paty y su hija. Me gusta la ropa que luce Raquelita, y su pelo chino, bien peinado.

Linda joven. Al rato se va la mujer que está a su lado, y Paty me invita a sentarme con ellas y con mi hija, quien, al ver que a mi lado estaba una amiga suya, encantada se pasa con ella. Escucho feliz los rezos que sólo se pronuncian una vez al año. En cuanto puedo le pregunto a Raquelita:

—¿Estás en la prepa del Sefaradí?

—No, tía; en la universidad. En la Ibero.

—¿Y qué estudias? —pregunto, sorprendida. Sí, sorprendida, porque en la familia de mi ex los estudios no eran precisamente muy necesarios.

—Arquitectura.

—¡Ah! —exclamo con la bocota abierta. Y, llena de curiosidad, agrego—: ¿Y cómo te vas? —pregunto, sabiendo que hay que tomar carretera.

—En mi coche, tía.

"¡Ah, chirrión! —pensé—. Ésta es la nieta de Tere, mi cuñada, y maneja en carretera su coche."

Y Paty, mi amada sobrina, tan cerca de mí, como mi hijo.

Amanecí entendiendo la alegría que me produce que la segunda generación de mujeres sirias nacidas en México ya no sea como mi abuela, como mi suegra, como su hija Tere. Raquelita, que tiene un hermano gemelo, es una jovencita diferente de su abuela Tere. Quiere ser algo además de madre y esposa, como yo, y ya sin tanto obstáculo como me tocó a mí.

Y Paty, la hija de Tere, junto con mi hijo Jacobo, entrega su tiempo, energía y otras cosas, aparte de su cariño, a los otros, a los olvidados, a los que nadie mira. Los abrazan, los aceptan, se entregan a ellos los domingos en el Parque México desde hace muchos años.

Tere, mi cuñada, antes de los quince se enamoró de un vecino de familia árabe que odiaba a los judíos. Se escapó con él. Y eso en aquellos tiempos, los cincuenta, era un verdadero escándalo; la joven que lo hacía quedaba marcada o manchada para siempre si no se casaba. Las películas de nuestro cine mostraron muchos ejemplos de esos hechos imperdonables, que dañaban la reputación de toda la familia. En la Guerra de los Seis Días, mi cuñada Tere fue maltratada una noche que veían en la tele los noticieros en los que transmitían escenas de cómo los tanques judíos ganaron esa guerra. Tere escuchaba: "Malditos, ¡maldita judía!", mientras servía café y pastel para su familia política.

Aguantaba aquellos odios heredados que, en esa casa, caían sobre ella. Tere mi cuñada, en cuyo entierro ¡grité yo, la que armaron caballera, defendí, defendió! sus derechos, como nunca creí que podría hacerlo, frente a los rabinos y congregados en el panteón.

Mi querida sobrina Paty, hija de Tere, se casó, también a los quince, con un muchacho muy guapo recién llegado de Líbano. Paty era, y lo es todavía, una joven, ahora mujer, muy cariñosa, hermosa, güera, de ojos claros. Tuvo hijos, se divorció y después se casó con el padre de

Raquelita, hombre judío que llevó a su hija al templo la noche de Kipur de este 2018. Quizá para que yo la viera convertida en la niña judía que toma la estafeta que cargué día y noche para entregársela no sé a quién. La misma que no han querido tomar mis hijas, pero sí dos de mis nietas. Cosa que me hace inmensamente feliz. Raquelita viene de un linaje de mujeres parecido al mío.

Esta alegría tuve ayer, Erev Kipur de este 19 de septiembre, aniversario de dos terribles temblores. Sin embargo ayer fue un día luminoso.

Dice el refrán: "Es difícil ser judío, pero más difícil es ser judía". ¿Cierto, Tere; cierto, abuela; cierto, madre; cierto, primas amadas, sobrinas?

Glosario ladino

Voces

-*abashar:* bajar.
-*acodrar/acodras/acódrate:* recordar/recuerdas/ recuerda.
-*adientro:* adentro.
-*agora:* ahora.
-*aide:* ándale.
-*alvantado:* levantado.
-*amá:* pero.
-*¿ande?:* ¿dónde?
-*ansina:* así.
-*añorios:* años.
-*arrabiadas:* con rabia, enojadas.
-*arrevivieron:* se revivieron.
-*atavanada:* loca.
-*atravesí:* atravesé.

-*barbin-nan:* qué horror, que no suceda.
-*bendichas:* benditas.
-*búshcate:* búscate.
-*buyrum:* bienvenido/a.

-*cadimsís:* desgraciado.
-*calladica:* calladita.
-*carica:* carita.
-*cayentó:* calentó.
-*caza:* casa.
-*chikitica:* chiquita.
-*chiquez (chikez):* niñez.
-*cóntame:* cuéntame.
-*contí:* contigo.
-*coza:* cosa.
-*cuálo:* qué, cuál.
-*cudié:* cuidé.

169

–*desfacer:* deshacer.

–*deshábamos/desha(r)/*
    déshala: dejábamos/deja(r)/
    déjala.

–*desmazaladas:* sin suerte.

–*dicirte:* decirte.

–*dishites/dishe/disho:* dijiste/
    dije/dijo.

–*durmir:* dormir.

–*eia(s):* ella(s).

–*eios:* ellos.

–*el Dio:* Dios.

–*encerrimos/encerreamos:*
    encerramos/encerrábamos.

–*enshabonados:* algo sin
    importancia.

–*escariñar:* extrañar.

–*espantí:* espanté.

–*espesutinas:* pesadeces.

–*estash:* estás.

–*estó:* estoy.

–*estrea:* estrella.

–*estruye/estruía:* destruye/
    destruía.

–*famiya/famiyosos:* familia/
    familiares.

–*fotografiya:* fotografía.

–*golor:* olor.

–*gozí:* gocé.

–*guaidimi:* pobrecito mío.

–*hermanicos:* hermanitos.

–*hisha/hishica:* hija/hijita.

–*hisho/hishicos:* hijo/hijitos.

–*ideyas:* ideas.

–*inieta:* nieta.

–*invitash:* invitas.

–*io:* yo.

–*janum/janumica:* preciosa.

–*jue:* fue.

–*juerte:* fuerte.

–*levanah* (voz hebrea): luna.

–*lingua/la idioma:* el idioma.

–*lonsas:* zonzas.

–*mancebez:* juventud.

–*mañanica:* mañanita.

–*mazal:* suerte, fortuna.

–*me escariñí:* te extrañé.

–*meldar:* leer.

–*menester:* necesario.

–*meshor:* mejor.

–*mos:* nos.

–*mosotros/as:* nosotros/as.

–*mudezes:* mudos.

–*muestro(s):* nuestro(s).

–*mueva:* nueva.

–*muncho:* mucho.

–*musher(es):* mujer(es).

–*nona/nonica:* abuela/
abuelita.

–*palabricas:* palabritas.

–*pedrer:* perder.

–*pesgada/pishgado:* pesada/
pesado.

–*place/plació:* me gusta/me
gustó.

–*pobereto:* pobre.

–*preciada:* querida.

–*preta:* oscura, negra.

–*pulía:* terca.

–*quedatesh:* quedaste.

–*quero/quere/queren/
queresh:* quiero/quiere/
quieren/quieres.

–*queshas:* quejas.

–*raquí:* anís.

–*reyía:* reía.

–*sabesh:* sabes.

–*Sefer:* libro en voz hebrea.

–*sefté:* ni una venta.

–*sentarmos:* sentarnos.

–*shilaba* (voz árabe): especie
de bata.

–*so:* soy.

–*soflamí:* espanté.

–*solitica/solica:* solita.

–*sos:* eres.

–*tenesh:* tienes.

–*topar:* encontrar.

–*vash:* vas.

–*vedrá:* verdad.

–*viashe:* viaje.

–*vide:* vi.

–*viesha:* vieja

–*vo:* voy.

–*yente:* gente.

–*yudiós:* judíos.

FRASES

Coza que no mos inche: No nos importa.

Estó soflamada: Estoy asustada.

Estos cuadernos enshabonados: Estos cuadernos que no sirven para nada.

Me reyía muy mucho: Me reía mucho.

Me viene un modo de tristeza:

Ni las moschas: Ni las moscas.

No metas capricho: No seas caprichuda.

Tu sos carica alegre: Tú tienes la carita alegre.

Ya me tomaste la cabeza: Ya me mareaste/me abrumaste.

Me viene un modo de tristeza de Rosa Nissán
se terminó de imprimir en el mes de octubre de 2019
en los talleres de
Diversidad Gráfica S.A. de C.V.
Privada de Av. 11 #4-5 Col. El Vergel, Iztapalapa,
C.P. 09880, Ciudad de México.